離島の怖い話
南国心霊探訪

濱 幸成

はじめに

国土交通省によると、北海道・本州・四国・九州および沖縄本島を除く島は「離島」なのだという。

二〇二一年に沖縄県の南大東島《みなみだいとうじま》で季節労働をしたのを皮切りに、小笠原諸島（父島《ちちじま》、母島《ははじま》）、小浜島《こはまじま》、徳之島《とくのしま》、伊豆大島《いずおおしま》と、二〇二四年十二月までに六つの離島で合計二十二ヶ月間季節労働を行ってきた。

労働者として島に溶け込むことによって、誰かが語らなければ忘れ去られてしまうような海の彼方の怪しい話の数々を蒐集することができた。

また、旅行者として別の離島を訪れた際や、同じように季節労働をしながら幾つもの離島を巡っている人からも、「こんな体験をした」と話を聞かせてもらえる機会が何度もあった。

本書には、そうやってかき集めた離島の怖い話が十二島分収録されている。

これだけでも物珍しい怪談本ではあるのかなと思うのだが、さらに、二〇一六年より行ってきた海外心霊遠征の際に取材したアジアの怪談も合わせて収録しており、収録国は七ヶ国に及んでいる。

我ながらよくもここまでニッチな分野の怪談を蒐集できたなと驚きつつも、他にはないオンリーワンな一冊に仕上がったのではないかと自負している部分もある。

本書を手に取ってくださった皆様が、「怖い」を楽しみながら、こんな世界があるんだと好奇心がくすぐられることを祈っております。

濱　幸成

目次

※本書は体験者および関係者に実際に取材した内容をもとに書き綴られた怪談集です。体験者の記憶と主観のもとに再現されたものであり、掲載するすべてを事実と認定するものではございません。あらかじめご了承ください。

※本書に登場する人物名は、様々な事情を考慮してすべて仮名にしてあります。また、作中に登場する体験者の記憶と体験当時の世相を鑑み、極力当時の様相を再現するよう心がけています。今日の見地においては若干耳慣れない言葉・表記が記載される場合がございますが、これらは差別・侮蔑を助長する意図に基づくものではございません。

日本の離島──伊豆諸島と小笠原諸島

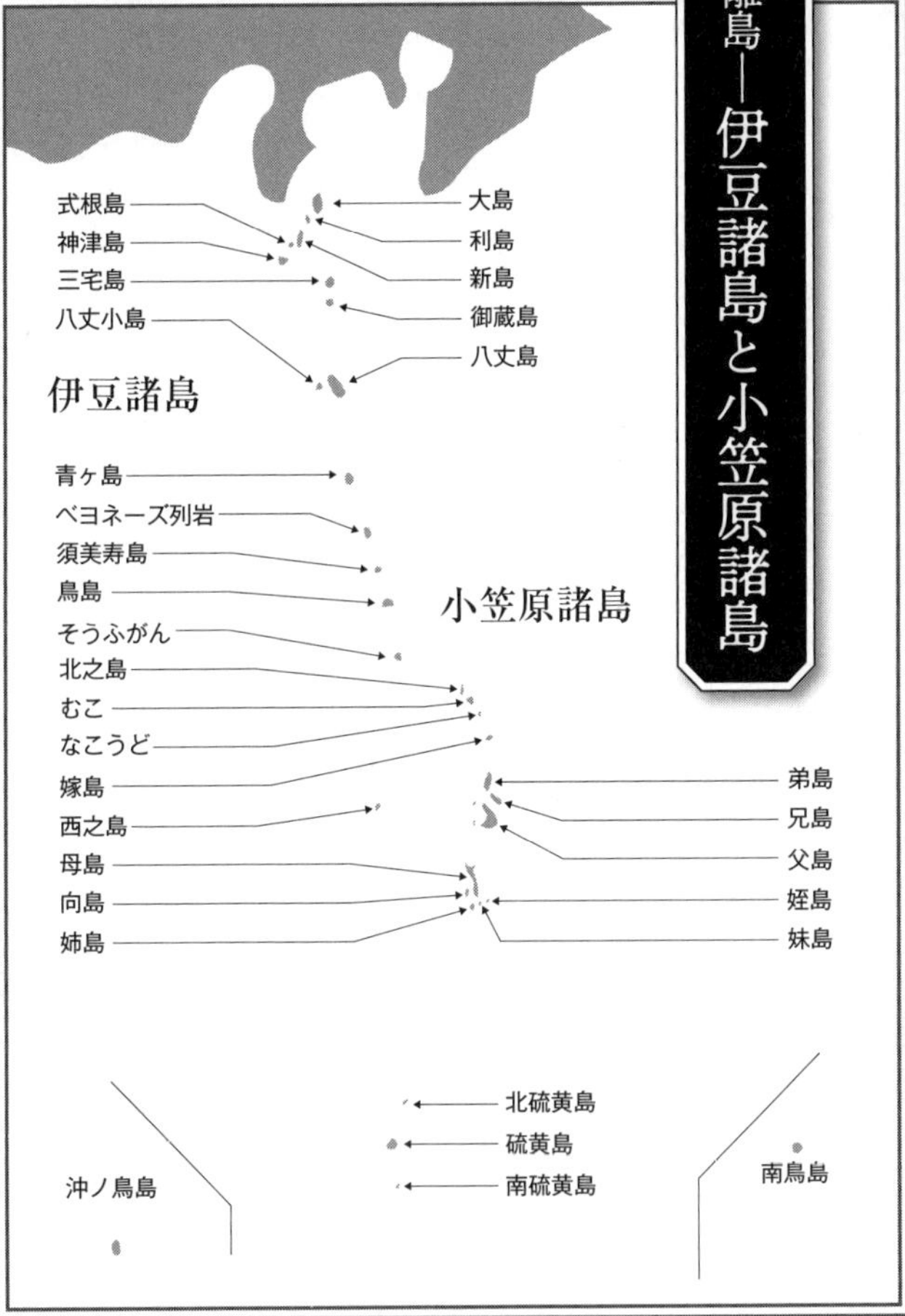

見返り坂（伊豆大島）

伊豆大島で飲み屋を経営しているTさんが経験した話だ。

二十年ほど前、友人達と肝試しをしに四人で車一台に乗り込み、深夜の三原山《みはらやま》の見返り坂を目指した。

三原山は一九三三年に女子学生の河口への飛び降り自殺をきっかけに、河口への飛び込み自殺ブームが起きてしまい、ひっきりなしに自殺志願者が三原山を訪れるようになった。

当時の新聞記事ではそのわずか一年の間に九百名以上が飛び降りたと報じられているのだが、中には死ねずに火口を這い上がってきた者や、未遂に終わった者もいるので、実際の死者数はそれよりも大きく下がるだろうと言われている。

しかし、現在心霊スポットと呼ばれているのは火口ではなく、火口へと続く見返り坂と呼ばれている場所で、この坂道で心霊現象が多発すると言われているのだ。

現在、この道は通行止めとなっているのだが、Tさん達が若い頃はまだ車で通り抜けることができ、この日もTさん達の車は深夜の見返り坂をグングンと登っていった。

坂の中盤まで来たところで、道の先になにやら薄っすらと光るものが見えた。

最初は対向車のライトかと思っていたのだが、その光はあまりに小さく、光度も少ないものだった。

光との距離はぐんぐん縮まっていく。不思議と光の強さは変わらない。何かがおかしい。どんどんどんどん近づいてきて、四人はあっと息をのんだ。小さな光は明らかに自分達の正面にあり、このままではぶつかってしまう。

「危ないっ！」

誰かが叫んだ瞬間に、光の玉は車のど真ん中を通り抜けていった。四人は同時に後ろを振り返ったのだが、そこにはもう白い光は見えなかった。

三原山の火口（著者撮影）

資材置き場（伊豆大島）

伊豆大島のとある会社にお勤めのTさんという方に聞いた話だ。

その会社では使わなくなって二十年を超えている廃屋を買い取って資材置き場にしており、島で行われる祭りの備品や各種資料などを保管している。

しかし、そこにとにかく出るのだという。

資材置き場内には所狭しと物が並べられているのだが、中でも一番出ると言われているのは一階にある寝室で、寝室ではほとんどの従業員が滑るように移動する白装束の老婆を目撃していた。そのため、夕方以降に一人で資材置き場に入るのはタブーとなっているのだという。

その日、Tさんは現場の仕事が遅くなり、一日の作業が終わって資材置き場を後輩と二人で訪れた時には、時刻はすでに十九時近くになっていた。辺りは暗くなりはじめており、古びた建物は気味が悪い。

（ここは夕暮れ時が一番出るんだよな……）

実際に同僚達が老婆を見たのはほとんどがこの時間帯だった。

しかし、この時は後輩と二人だったので、臆病なところを見せるわけにはいかないと、Tさんは意を決して先頭に立ち、建物内へと入って行った。

玄関の先には廊下が続いており、少し進むと右手に台所が見え、左側が寝室だ。後輩を後ろに引き連れて寝室の前まで来た時だった。

引き戸が外された寝室内は真っ暗で、壁際にある灯りのスイッチを押そうと一歩足を踏み入れた瞬間、大量の資材が並ぶ上を白い着物のような物を着た老婆が滑るように移動しているのが見えた。

Tさんは手に持っていた資材をその場に放り出し、何も言わずに一目散に走って家を飛び出したという。


この話を聞かせてもらった筆者は、夕暮れ時と二十二時に二回、実際の現場を訪れて動画と写真の撮影を行わせてもらうことができた。探索中には異常は発生しなかったのだが、一番目撃情報があるという寝室付近で定点撮影を行ったところ、十五分間撮影した映像内に、二十秒ほどパタパタパタパタと室内を歩き回るような音声が録音されていた。

老婆は未だに廃屋内を彷徨《さまよ》っているのだろうか。

吊り橋（伊豆大島）

伊豆大島にある、とある吊り橋の話だ。
その吊り橋ではかつてカップルが飛び降り自殺を行ったのだという。
それからというもの、時折観光客から「吊り橋で人が飛び降りた」という通報が周辺施設を管理しているスタッフ達の元に来るようになった。そのため、スタッフの管理ノートにはこのように書いてあるのだという。

・観光客から吊り橋で人が飛び降りたという報告を受けた時はまずは現場を確認し、何も異常がなければそのままで大丈夫です。

Sさんはこの施設で働き出して数年間は吊り橋での飛び降り報告を受けることはなかっ

たのだが、その時は突然訪れた。

「すみませーん！　助けてください！　吊り橋から人が飛び降りました！」

観光客の男性が血相を変えてスタッフルームに飛び込んできた。

しかし、先輩からも時折〝飛び降り〟に関する話を聞いていたSさんは落ち着いて男性と一緒に吊り橋を見に行き、周辺を確認して落下した人物がいないことを確かめた。

そして、観光客の男性に「何かの見間違いではないか」と宥めると、そのままスタッフルームへと戻った。

何度も聞かされていた話ではあるが、さすがに自らが実際に体験すると不気味さを感じざるを得なかった。

気を紛らわせようと珈琲を入れ、書類の記入作業に戻って三十分ほど経った時のことだ。

「助けてください！　やっぱり人が飛び降りました！　一緒に来てください‼」

先ほどの観光客がまたしても真っ青な顔をして駆け込んできた。

Sさんは一緒に吊り橋まで戻って再び周辺の確認を行ったのだが、やはり人が飛び降りたような形跡はなかった。

さすがに二度目ともなると気味が悪くなり、先輩にも相談しに行ったのだが、「気にするな」の一言で突っ放されてしまい、腑に落ちないものを感じながらその日の勤務を終えることになった。

結局、このまま勤務を続けると〝いつか本当に自分も何かを見てしまうのではないか〟という恐怖心が拭えず、数週間後には仕事をやめることとしたそうだ。

パイプ椅子　（八丈島《はちじょうじま》）

東京都の離島である八丈島には幾つもの心霊スポットがあり、地元の若者達の格好の肝試しの現場となっている。その中でも特に有名なものは廃ホテルHで、肝試しに行って不可思議な現象に遭遇したという話はいくつもある。

現在は伊豆大島に移り住んでいるKさんは、生まれと育ちは八丈島だ。

まだ八丈島に住んでいたある日、先輩であるRさんから連絡があった。

「あのさー、俺椅子が欲しいからHホテルから取ってこようと思うんだけど、付いてきてよ」

「マジっすか」

Hホテルに行くことにあまり気が乗らないKさんだったが、先輩には逆らうことができず、しぶしぶ迎えに来た車に乗りこんで二人でHホテルを目指した。

時刻はまだ夕暮れ時で、薄っすらとオレンジ色に照らされたHホテルは妙に普段よりも不気味に思えた。

恐る恐る内部に侵入すると、Rさんは手頃なパイプ椅子を一つ手に取り、満足そうに出口に向かって歩き出した。

（こんなボロいパイプ椅子、買った方がよかったんじゃないのか……）

心の声が喉元まで出かかったKさんだったが、それをごくりと飲み込んで一緒に車に乗り込み、家へと帰った。


翌日、Kさんが仕事をしていると、Rさんからメールが届いた。

「今日、一緒に椅子を返しに行こう」

せっかく昨日二人で取りに行ったばかりなのに、一体なぜ一日で返しに行かなければならないのか。とりあえず、Rさんにも何か事情があるのだろうと自分を納得させ、仕事終わりにRさんと合流して二人でHホテルへと椅子を返しに行ったのだが、その時に聞いた『椅子を返す理由』は実に気味の悪いものだった。

パイプ椅子を自宅へと持ち帰ったRさんは、とりあえずボロ雑巾で汚れを軽く落とし、それをリビングのテーブル下に差し込む形で置いておいた。同棲していた彼女からは「気味が悪い」と嫌がられたが、せっかく持ってきたのだからと宥めてそのままにしておいた。

しかし、トイレに行ってからリビングへと戻ると、先ほど持ち帰った椅子に彼女が座っている。

「なんだよ、結局気に入ってるじゃん」

笑いながら話しかけたRさんだったが、ふと椅子から目を離し、すぐに視線を戻すとそこには誰も座っていなかった。

（え!?　今確かに座ってたよな？　どういうこと？）

気味が悪くなった。

この椅子には何かあるのかもしれない。そう思ったRさんはすぐにでも椅子を返しに行きたかったのだが、さすがに夜に行くのは腰が引けた。おまけに、体は嫌な汗でべっとりと濡れている。

シャワーを浴びようと思ったのだが、どうしても今夜は気味が悪い。先に寝室に入っていた彼女に声をかけて、風呂場のすりガラス越しで待っていてくれと頼んだ。

他愛もない話をしながら汗を洗い流し、五分ほどでシャワーを浴び終えたRさんはすりガラス越しに見えている彼女に、「ありがとう！　もう出るから」と声をかけて扉を開けたのだが、そこには誰もいなかった。

体を拭くのもそこそこに寝室へと走り、扉を開けると彼女はベッドに横になっていた。

「いつ戻ったの⁉」

「は？　何言ってるの？　めんどくさいから私すぐ戻ったじゃん」

しかし、Rさんはシャワーを浴び終えるまで確かに彼女と話をしていたし、扉を開ける直前までそこには女性のシルエットが見えていた。

一体あれは誰だったのか。

そんなことがあり、Rさんは翌日にはKさんと一緒に再びHホテルに行き、元あった場所にパイプ椅子を戻したということだ。

シーサーペント（父島）

父島はヨット乗りの聖地として知られており、父島を拠点にパプアニューギニアやポナペなどの南国へと南下するヨット乗りも多い。

そんなヨット乗りの中でも大ベテランで、何度も海外への長期航海を行っている片山さんが体験した話だ。

その時、片山さん達は数人でチームを組み、南国ポナペを目指して約一ヶ月の航海の途中だった。

荒波を乗り越えながらヨットは進み続け、あと少しでポナペに到着するというところで乗組員の一人が叫んだ。

「おい！　あそこ見ろ！　海面が光ってるぞ！」

その声に反応して、片山さん達が叫んだ仲間の指さす方に目をやると、海面が美しく光を放っていた。そして、その光の正体は何だろうと目を凝らすと、水中にウネウネと体をよじらせながら進む大型の海洋生物の姿が見え、それが光を放っていることに気が付いた。それはクジラやシャチなどと違って蛇のように細長い体で、長さは軽く十メートルを超えている。

「シーサーペント……」

呆気に取られている乗組員達の一人がぼそりと呟き、片山さん達はしばしその光り輝く姿に見とれていた。シーサーペントとは、大海蛇とも呼ばれる細長く巨大な体を持つ海洋の未確認生物のことである。その後、数分で大きく細長い体は海の底に向かって潜り始め、その姿は見えなくなった。

数時間後、ポナペの港に到着した片山さん達は入国手続きを行っていたのだが、何気なく先ほど見たシーサーペントのような海洋生物のことをスタッフに話すと、すぐにスタッフが慌ただしく何処かに連絡し始め、しばらくすると数人の真っ黒に日焼けした男達が現れた。

彼らはポナペ周辺で度々目撃されるシーサーペントの調査を行っているチームだということで、片山さん達に出没場所や姿形を聞いたかと思うと、すぐに目撃場所に向かうということで港へと行ってしまったそうだ。

宇宙の石（父島）

父島に移住して十七年目になるツヨシさんに聞いた話だ。

父島に来て一年目くらいのこと。

ツヨシさんはサーフィン等のマリンスポーツが好きで父島に移住してきたのだが、父島の海岸のなかでも特に気に入っていたのが焼き場海岸だった。

火葬場のすぐ裏にあることから焼き場海岸と呼ばれているのだが、入り道が分かりにくいため観光客が来ることも少なく、ここに来れば波を独占できることも多かった。

ある日、焼き場海岸でひとしきりサーフィンを楽しんだ後、砂浜に上がるとやけに目を惹く石が波打ち際に落ちていた。

楕円形のその石は端のほうがスパッと切れており、横の部分には秘密結社フリーメイソンを思わせる大きな目のような柄がある。

ツヨシさんは石に近づいて行き、そっと持ち上げてみた。手のひらに載せ、しげしげと眺めているうちにあることに気がついた。

切れた石の断面に無数の白い点々があり、それらが光っているように見えるのだ。

不思議に思ってその部分をじっと見つめていると、白い点々は石の中でゆっくりとぐるぐる回り始めた。

それはまるで銀河のようで、石の断面に小さな宇宙があるようなとても不思議な光景であった。しばらく見とれていたのだが、ふと我に返ってこの超常的な現象に恐怖を感じた途端、突然前方の海から体が吹き飛ばされるような強烈な潮風が吹き付けてきた。

怖くなったツヨシさんは石を放り出すと、急いで車へと戻りその日は帰った。

あの出来事から十数年。度々あの石のことを思い出すツヨシさんは、焼き場海岸に行った際には砂浜を見渡してみるのだが、二度とあの石を見つけることはできないという。

現場の焼き場海岸（著者撮影）

旧陸軍病院　（父島）

父島の南部に巽《たつみ》道路という道がある。

父島を一周できる主要道路から曲がって入ると、終点まで一キロほど続くウネウネと曲がりくねった坂道で、行き止まりの先は第二次世界大戦時に造られた軍道となっている。軍道としての役目を終えた現在では、ハートロックなどの人気の景勝地や、いくつもの戦争遺構へと続くハイキングコースとして使われている。

巽道路の途中には慰霊碑があるのだが、その慰霊碑は第二次世界大戦時に旧陸軍の野戦病院で亡くなった犠牲者のためのもので、今でも慰霊碑の裏の斜面には病院の基礎の部分だけが残っており、当時の瓶や注射器などが散乱している。

巽道路は今でこそ舗装された滑らかな道となっているのだが、三十年ほど前までは小石を引いただけの砂利道だった。

当時、父島に移住してきたばかりで二十代前半だった哲さんは、巽道路先の軍道で植物を調査するよう依頼を受けた。

原付バイクで巽道路の先端まで向かい、数時間軍道を歩いて父島固有の植物等の調査をして、汗だくになって駐車場まで戻ってきた。そしてまたバイクに跨り家に戻ってきたのだが、玄関で後ろポケットを確認すると、家を出る時に確かに入れてきたはずの五千円と免許証がなくなっている。

これは大変だとすぐに巽道路に戻って三往復してみたのだが、どこにも落ちてはいなかった。

どうしようかと考えながら一旦家に帰ってきたのはいいものの、金銭的に余裕もなく、免許の再発行を父島で行うことができるかどうか不安だった哲さんは、翌日もう一度巽道路に確認に行くことにした。

朝一番で巽道路に向かった哲さんは、一度バイクで行き止まりまで行ってみたものの、道中に五千円と免許証は落ちていなかった。

もう諦めて帰ろうと思って来た道を引き返すと、数百メートル走った道路の真ん中に、何かが置いてある。

まさかと思ってスピードを落とすと、昨日落とした免許証と五千円が道の真ん中にきれいに揃えて置いてあった。

まさに今さっき自分が通ってきたばかりの道なのだが、車やバイクが近づいてくる音は全く聞こえなかったし、近くには民家もない。

（こんなことあるわけない）

訳の分からない恐怖に襲われたのだが、すぐに五千円と免許証を拾い上げてふと顔を横に向けると、道の脇には古ぼけた細長い木の板が立っていた。

陸軍野戦病院跡地

半分腐っている板にはそう書いてあった。

哲さんはあまりの恐怖に、その後一年ほどは巽道路に行くことができなかったという。

現在、その場所には冒頭にも書いた新しい慰霊碑が設置されている。

旧陸軍病院の慰霊碑と巽道路（著者撮影）

第四隧道の日本兵（父島）

父島は一八七六年に明治政府によって領有宣言がなされたのだが、それより以前から島に住んでいた欧米系の島民がおり、この子孫は欧米系島民と呼ばれている。

欧米系と言っても、アメリカやイギリスのみならず、ハワイやポリネシアにルーツを持つ方々もいて、現在ではこれらの海外にルーツを持つ島民は人口約二千人のうちの一割ほどだと言われてる。

そんな欧米系島民の一人であるワシントンさんという七十代男性は、生まれも育ちも父島なのだが、小さな頃から家庭では英語を話し、外では日本語を話すという生活にいまひとつ馴染むことができなかった。そして、学校を卒業した後はアメリカに渡り、米軍に入隊することになった。

厳しい訓練を耐え抜き、若くしてベトナム戦争にも参加したワシントンさんだったのだが、軍を退役したあと、祖先が父島に持っていた土地の売買の関係で、しばらくの間父島に戻ってくることになった。

ワシントンさんは退役後も運動は続けており、父島に来てからも毎日お決まりのコースをウォーキングするのが日課になっている。

東町《ひがしまち》を出発して境浦《さかいうら》に向かって歩いていくという四キロ程のコースで、小笠原諸島の日差しは強いので、散歩に行くのは決まって夕方以降だった。

その日も十九時ごろに家を出てから境浦の方に向かって歩き始め、境浦の手前にある屛風谷までやってきた。

境浦まで行くには屛風谷にある第三隧道、第四隧道、第五隧道という三つのトンネルを通り抜けなければならない。

第三隧道を通り抜け、第四隧道に入ってしばらく歩いた時のことだ。

第四隧道には歩道が片側しかないのだが、反対側から誰かが歩いてくるのが見えた。

（何処かで避けなければ）

そう考えているうちに相手との距離は近づいてくるのだが、なにやら相手の服装がおかしいことに気づいた。

上下ともに濃いオリーブ色の服を着ており、ところどころ破けている。そして、服がべっとりと血のようなもので濡れているのが分かる。一瞬事故にでもあったのかと心配になったのだが、すぐに気づいた。

（日本兵だ！）

ワシントンさんは踵を返してトンネル出口に向かって走った。

第四隧道を抜けてからも後ろを振り返ることはできずに、そのまま東町まで戻ったそうだ。

この出来事があってから、ウォーキングコースは変更になったのだという。

実際の第四隧道（著者撮影）

釣り好き　（父島）

小笠原諸島はマリンスポーツ好きにとっての楽園である。

小林さんという四十代の男性は、二十代の頃に父島旅行に来た際、釣りやダイビングで本土とは桁違いの魚影の濃さに圧倒されて即父島に移住することを決意した。

父島の会社に転職して、父島生まれの女性と結婚して夢のような生活を送っていたのだが、そんな小林さんに影響を受けて小林さんの父も島に移住してくることになった。

父は元々大の釣り好きで、釣り冊子に記事も書くような、半ば釣りのプロのような人だった。

小林さんも小さい頃から父に連れられて釣りをして育ち、自身も釣り好きになった。

そんな父はよく、「真面目に釣りをやれよ」と口癖のように言っていた。

父は数年前に癌を患い本土の病院に入院することになったのだが、ある夜、小林さんの自宅で不思議なことが起こった。

小林さんが寝室の電気を消してベッドに横になると、「バチン！」と玄関のほうから大きな音が聞こえた。驚いてすぐに玄関に行ってみても異常はなく、今の音は何だったのだろうと不思議がりながら寝室に戻ると電話が鳴った。

電話の相手は父が入院している本土の病院の看護師で、先ほど入院していた父が亡くなったということだった。

通常ならばすぐに病院に向かって、葬儀屋にも連絡して……といろいろと忙しくなるのだが、小林さんが住んでいるのは父島で、本土に行けるのは次のおがさわら丸（フェリー）が出航する数日後しかない。

そういうわけで、その日は電話を切ってそのまま眠りに就いた。

翌朝、小林さんが起きて仕事に行こうと玄関に向かうと、明るくなったことによって昨夜の音の正体が分かった。

玄関の上部には父が大事にしていたフィッシャーマンというメーカーのGT（大型のヒ

ラアジ）用ロッドが飾ってあり、そこにはスピニングリールもつけっぱなしで、リールから竿へとラインを通したままになっていた。

ラインはPEラインの六号というとても強い釣り糸で、強度は約九十lb（四十キロ）まで耐えられる強さがある。

PEラインの先にはスイベルという金具が結び付けてあったのだが、その結び目のところでプッツリと糸が切れてしまっている。

（これは親父からのメッセージだ！）

そこで小林さんは父のよく言っていた言葉を思い出した。

「真面目に釣りをやれよ」

現在、小林さんは釣り用に中古のヨットを購入しており、計器類を取り付け次第、マイヨットでの釣りを楽しむつもりだ。

異音（父島）

翔也さんが中学生の頃の話だ。

その日は土曜日で、近所に住んでいる祖母の家に泊まりに行くために、夜の十一時に家を出た。

二分ほど自転車を漕ぐと長い坂道に差し掛かるのだが、坂を下り始めてすぐに自転車から異音がすることに気づいた。

イィ〜イィ〜イィ〜

ダイナモが壊れておかしな音を出しているのかと思いながら坂を下り続けたのだが、坂を下るにしたがって音が大きくなってくる。

イィイィイィ
低く響く異音は感覚を狭めてきており、その音量も上がりつつある。

これは自転車が壊れてしまうかもしれないと思い、坂の途中にある公衆トイレの前に自転車を止めた瞬間、

「イィ～コラァァァァーー！！！」

すぐ耳元で中年男性の怒鳴り声が聞こえた。

翔也さんは恐怖のあまり自転車に跨ったまま動けなくなり、一分ほどそのまま固まっていた。

体が動くようになると、すぐに祖母の家に向かって全力で自転車を漕いだという。

中年男性の叫び声を聴いた翌登校日、祖母の家へと向かう坂道は通学路として毎日使っていた道でもあったので、その日も朝に家を出てから自転車で坂道を下っていた。

頭の中は先日の出来事でいっぱいで、恐怖心を感じながら坂を下って行ったのだが、ある程度スピードに乗ってきたところで左右のブレーキを握ると「バチン！」と音がした。

（え？）

一瞬何が起こったか分からなかったが、すぐに理解した。

ブレーキワイヤーが前後とも二本同時に切れたのだ。

翔也さんはそのまま止まることができずに、坂の下のT字路に設置してあるガードレールに激突して、数メートル吹っ飛んでガードレール先の草むらに投げ出された。

ただ、幸いにも草がかなり伸びていたのでかすり傷と打撲だけで済んだのだが、あまりの衝撃で自転車は廃車になってしまった。

自転車は、まるで車に跳ね飛ばされたかのようにひしゃげた状態だったそうだ。

実際の坂道と公衆トイレ（著者撮影）

境浦の電話ボックス（父島）

翔也さんが中学生の時のこと。

その夜は特に何もすることがなく、母の提案でドライブでもしようということになった。二十一時ごろに家を出て、母、姉、翔也さんの三人が乗った車はゆっくりと父島を一周する主要道路を進んでいき、境浦に差し掛かった時のことだ。

境浦には第二次世界大戦時の沈没船である濱江丸があることから、多くの観光客が訪れるスポットとなっており、海岸から四十メートルほどの高さにある道路脇には車が六台ほど止められる駐車場がある。

その駐車場には当時壊れて電気の点かない電話ボックスがあったのだが、助手席に座っていた翔也さんが何気なくそちらを見ると、ガラス張りのボックスの中にぼんやりと白く光る人影がいることに気づいた。

白い人影はガラスの壁に頭をくっつけた状態で、全く動かずにピタリと静止している。

「今、電話ボックスに誰かいなかった⁉」

翔也さんが声を上げると、運転していた母親にもそれは見えていたようで、すぐに車をUターンして駐車場まで戻ることになった。

この間僅か数十秒ほどだったのだが、駐車場まで戻ってみても電話ボックスの中には誰もおらず、ただただただボックスの中には闇が充満しているだけだった。

境浦の電話ボックス（著者撮影）

境浦の電話ボックス二　喧騒音　（父島）

あつしさんという五十代の男性に聞いた話だ。

あつしさんが父島に移住してきたのは二十代半ばの頃だった。

本土にいた頃からバンド活動をしていたあつしさんは、父島に移住してきてからも時折仕事終わりに海辺などに行ってギターの練習をすることがあった。

その日は十九時頃から、背中にギターを抱えて島の南西部にある小港《こみなと》海岸に向かった。一時間ほど心地よい海風を浴びながらギターを弾き、辺りが完全に暗くなってきた頃に撤収を始めた。

波音を背にしてバイクに跨ると、ふと本土に住んでいる母に用事があったことを思い出した。そして、しばらくバイクを走らせて境浦の駐車場までやってくると、バイクを停めて公衆電話から母に電話をかけた。

島での暮らしは本土とは違い不便なところもあり、通販もない当時は島に売っていない必要な物があれば、わざわざ本土まで買いに行くか、本土在住の親族や知人に送ってもらうしか方法はなかった。

電話に出た母にあれやこれやと送ってほしい物を伝え、それじゃあよろしくと受話器を置こうとしたところで母が口を開いた。

「あんた随分と賑やかなところにいるのね」

そう言われても、自分は他に誰もいない駐車場の公衆電話から電話しており、賑やかな声など聞こえていない。

気味が悪くなったあつしさんは、「混線か何かじゃないのかな」と答えて電話を切った。

境浦での電話から数週間後、再び島に売っていない物資が必要になったあつしさんは、今度は前回とは別の場所にある公衆電話から母に電話をかけた。

そして、一通り送ってほしいものを伝え終えたところで、母は思い切ったように話し始めた。

「今度は静かなところね。あのね、この前はあつしが怖がると思って言わなかったけど、あの時は男の人達の怒鳴り声や軍人さんの靴音のようなものがずっと聞こえていたの。だからもうあそこからは絶対に電話しないで」

現在の父島は人口二千人を少し超える程度だが、第二次世界大戦当時は本土から約一万五千人の旧日本兵が動員され、島の至る所に防空壕とトーチカが作られ、米軍の侵攻に備える要塞と化していた。結果的には地上戦が行われたのは小笠原諸島では硫黄島のみで、父島に米軍が上陸することはなかった。

しかし、小笠原諸島は米軍の本土爆撃の際のルート上に位置していることから、毎回本土爆撃の帰り道などにミサイルや機関銃で攻撃され、その死者は四千人を超えている。

今はリゾート地となっている父島だが、最近でも軍人の霊を見たという報告は多くあり、その目撃情報の多さに島民自ら「小笠原幽霊マップ」というものを作ってしまうほどだ。

あつしさんも島での怪談話は幾つか聞いていたのだが、いざ自分の身に不可思議な現象が降りかかってきても、実際に自分が不気味な喧騒音を聞いたわけではなかったので、それほど気にはしていなかった。

それから月日が流れ、公衆電話で母が喧騒音を聞いてから実に二十八年後のこと。

東京本土から父島まではフェリーで二十四時間かかるので、あつしさんの母はこれまで島に来るのをずっと拒んでいたのだが、いよいよ高齢となって体の衰えも日に日に増していき、これが最後のチャンスだと初めて父島に渡ることを決意した。

あつしさんは車で港まで母を迎えに行き、島の観光名所を案内しようと思ったのだが、母はまずあの時の電話ボックスに行きたいのだと言う。

境浦の駐車場に車を停めると、母は一人でつとつとと水の入ったペットボトルを持って電話ボックスに近づき、そこに水を撒くと手を合わせた。

「二十八年もかかったけど、ようやくこの場所に来ることが出来た。あの時、あなた達は私に伝えたいことがあったみたいだけど、来るまでに二十八年もかかってしまってごめんなさいね」

そう言うと、安堵した表情で車へと戻ってきたのだという。

祟りの石碑 （父島）

四十年ほど前の話だ。

父島には一部の島民にのみ知られている石碑があった。

それは見晴らしの良い海岸沿いの崖の中腹にあり、墓石のような形をしている。表面には文字が掘ってあることが見て取れるので、人工物であることは明らかだった。しかし、潮風に吹かれ続けて表面の文字は風化してしまっており、ほとんど読むことはできなくなってしまっている。

何かの記念碑ではないか、いや、あれは墓石だ、慰霊碑だと、いくつかの説があったが、結局誰にもその正体は分からないままになっていた。

そこで、ある時島の有力者の一人が人を雇い、数十キロはあるであろう石碑を会社へと持ち帰って、いつ頃作成されたものなのか、また、表面の文字は何と書いてあるのかを解読しようと試みたことがあるという。

石碑を会社に持ち帰った週末、有力者の経営している会社のスタッフが海で溺死したとの知らせが入った。

現場は石碑のあった海岸のすぐ隣にある海岸だったのだが、亡くなった場所というのが膝ぐらいの深さしかない場所で、なぜ溺れたのかは誰にも分からなかった。

石碑を持って帰ってきたことは島の中でも一部の人間しか知らなかったのだが、その一部の間では〝石碑の祟りではないか〟との噂が出た。

しかし、有力者はそのまま石碑の調査を続けたのだが、解読は進まないままに時は流れ、翌週末のこと。

またしても会社のスタッフが、先週と同じ場所で溺死したとの知らせが入った。この時亡くなったスタッフも前回と全く同じ膝ほどの深さの場所で亡くなっており、溺死ではあるのだがなぜ溺れたのかは不明だった。

この二週続けて同じ場所での溺死は当時話題となり、週刊誌でも取り上げられたというのだが、石碑を持ち帰ってから起こったことだと知っているのは相変わらず極僅かな島民のみで、週刊誌の記者も知り得ないことだった。

この後、さすがの有力者も石碑と二件の怪死には何か関係があるのではないかと感じたのか、まだ解読が終わっていないままに元の場所に戻したのだという。

それからは誰もこの石碑に触れるものはいないままに数十年の月日が流れているということだった。


この話を島民の方から聞かせていただいた筆者は、もしもまだこの石碑があるのであれば見てみたいということで、実際に石碑があったとされる場所を調査してみることにした。

「〇〇の崖側にある」という情報だけを頼りに現地を訪れ、四十分ほど周辺を歩き回ったところで人工的に作られたものだと分かる石碑を発見することができた。

近づいてみると確かに表面には薄っすらと文字が掘ってあるのが分かるのだが、風化してしまっており、何という文字なのかは全く分からなかった。しかし、文字が掘ってあるということは、これが祟りの石碑で間違いないと、様々なアングルで写真を取っていた時のことだった。

「アウン」

背後から不気味な女性の声が響いた。

全身に鳥肌が立ち、これは近づいてはいけないものだったのかもしれないという危険信号が頭に走った。

すぐに現場を離れ、海岸を後にしたのだが、その時に撮影した写真はしっかりと保管しているので、本書でご紹介しようと思う。

あなたはこの写真から、何か感じるものがあるだろうか?

崇りの石碑　（父島）

崇りの石碑（著者撮影）

六本指地蔵（母島）

母島の端から端まで貫いている都道二四一号の、探照灯基地跡から少し北上したところに六本指地蔵は安置されている。
社の中に並ぶ二体の地蔵のうち、右側の地蔵の錫杖を持つ手が六本あることから六本指地蔵と呼ばれているのだが、特に説明書きがあるわけでもなく、なぜ指が六本あるのかは分からない。
ただ、ある母島島民に聞いた話では、かつて六本の指を持って生まれてきた方がいたのだが、指の多さに思い悩んで自ら命を絶ってしまった。そこで、慰霊のために六本指地蔵を造ったという説があるとのことだが、正式な記録として残っているわけではないので、信憑性は不明だ。
この六本指地蔵付近で、気味の悪い体験をしたという話を聞かせてもらうことができた。

父島の話も数話聞かせてくれた翔也さんが、母島に出張した時のことだ。

その日は平日だったのだが仕事が早く終わったので、六本指地蔵の先にある東港で釣りをすることにした。

父島でも東京の竹芝桟橋からフェリーで二十四時間かかるのだが、母島はそこから更にフェリーで二時間の所に位置しており、日本最後の秘境とも呼ばれている。人口も六百人程度と少なく、生態系に対するプレッシャーが低いために、母島の周りでは本土では考えられないような大型魚がうようよとしているような状況だ。

この時翔也さんが訪れた東港も、過去には堤防からキハダマグロやバショウカジキが釣れた実績があり、期待に胸を膨らませて港へと降り立った。

しかしながら、この日は思ったように釣果は伸びず、辺りは段々と薄暗くなってくる。東港は街灯が少なく、先端のポイントは全く街灯の光が届かないので、幽霊の類が苦手な翔也さんはそそくさと道具を片付けて帰ることにした。

車に乗り込むとスマートフォンとオーディオデッキを接続し、母島は電波状況が悪いのであらかじめダウンロードしていた音楽を流し始めた。

港を出発して坂道を進み、都道に出る頃には完全に辺りは暗くなっており、少し進むとすぐ右手に六本指地蔵が見えてくる。

(暗くなってからこの辺を通ると嫌な雰囲気なんだよなぁ)

そう思った途端、急にスピーカーから流れる音楽に「ジジジジジ」とノイズが混じりだした。

(嘘だろ……このタイミングでやめてくれよ)

すぐそこには六本指地蔵の看板が見えている。

ノイズが入り続けるためにスピーカーケーブルをスマートフォンから抜き取ったところで、車は看板の真横を通りがかった。

ズシリ

後部座席に何かが乗り込んだような重みを感じた。けれど、怖くてバックミラーを見ることはできない。

恐怖で体が動かなくなり、ハンドルを握った状態のまま金縛りのような状態になってしまった。

（ごめんなさい！　助けて！　助けて！）

心の中で唱え続けていると、少し走ったところで目の前に他の車のライトが見えた。

それを見た途端に体の力が抜け、後部座席の嫌な気配もフッとなくなった。恐る恐るバックミラーを確認してみたのだが、そこには何もいなかった。

この出来事以降、翔也さんは暗くなってから六本指地蔵の前を通るのを避けているという。

一番右が六本指地蔵（著者撮影）

六本指地蔵　（母島）

前掛けをめくった六本指地蔵（著者撮影）

遺品（硫黄島《いおうとう》）

小笠原諸島の硫黄島。この島では第二次世界大戦中に、約二万人の日本兵がほぼ全滅という悲惨な戦闘が行われた。そういった悲しい歴史もあり、未だに幽霊の話は絶えない。

基本的に現在硫黄島に滞在しているのは自衛隊とその給食委託会社、そして硫黄島で工事を行っている業者のみで、一般人が立ち入ることは出来ない。ただ、遺骨発掘、道路整備、慰霊祭等の場合は特別に許可を得た業者や、父島、母島の島民も訪れることができ、その際にも様々な不可思議な現象が起こるのだという。

現在は硫黄島に島外から訪れた業者や旧島民などは遺品等の持ち出しが厳しく禁止されているが、十年以上前はそれほど管理が厳しくなかったということで、硫黄島にある鶉石という鉱石や、旧日本兵の遺品を父島や母島に持ち帰ってくる島民は時折いたのだという。

しかし、ほとんどの場合が後に、それらの硫黄島から持ってきたものを返却することに

なるというのだが、それは行政の指導などではなく、様々な不可思議な現象が起こり自発的に返すことになるというのだ。

ツヨシさんが父島に来てまだ日が浅い頃の話だというから、もう十五年以上前の話になる。

その日は仕事が終わってから仲の良い友人の家に遊びに行った。

円卓の両側に座り、酒を飲みながら話をしていると、急に机の真ん中に立ててあった懐中電灯がひとりでにグルングルンと回りはじめ、そのままバランスを崩して机の下へと落ちていった。

いったい、今自分の目の前で何が起こったのか訳が分からなかったツヨシさんだったのだが、友人が口を開いた。

「今の見たか？　俺、この前硫黄島行った時にいろいろと遺品持って帰ってきて、全部まとめて段ボールに入れて押入れにしまってるんだけど、それからこういうことが毎日起きるんだよ」

詳しく聞くと、友人は仕事の関係で硫黄島に行った際、旧日本軍関係の遺品をこっそりと鞄の中に詰めて父島まで持ち帰り、それらをまとめて段ボールに入れて押入れの中に入れているのだという。

以来、彼の部屋でおかしなことが起こるというのは周りの友人達の間でも噂になってしまい、現在彼の部屋を訪れるものはツヨシさん以外にいないような状況だったそう。

「それにな、毎日犬も押入れに向かって吠え続けるんだよ。ホラ」

そう言って友人が押入れに目をやり、ツヨシさんもそちらに目を向けると、今も室内飼いされているチワワが押入れに向かってグルルと威嚇しているところだった。

「それ、絶対に返したほうがいいよ」

「だよな……」

友人は次回硫黄島に行くことになっていた知人に段ボールごと遺品を渡し、硫黄島へと返却してもらうことになった。それ以降、現象はピタリと治まった。

この類の話はツヨシさんの友人に限ったことではなく、十数年前まではよくある話だったという。

日本の離島――南西諸島

種子島
屋久島
奄美大島
徳之島
沖永良部島
与論島
沖縄本島
久米島
座間味島
北大東島
南大東島
宮古島
西表島
石垣島
与那国島

桃吉（種《たね》子《が》島《しま》）

二十一歳で結婚した洋子さんは夫の転勤のため、新婚当初は種子島で暮らすことになった。

生まれてからずっと犬や猫と一緒に暮らしていた洋子さんは、新婚生活に動物がいないことに少し寂しさを感じていた。

種子島に棲み始めて一年ほどたったある日、鹿児島本土に住んでいる十一歳年下の弟が学校帰りにドブで子猫を拾ったと電話があった。実家はすでに犬と猫がおり飼えない状態だったために、洋子さんが引き取り種子島で飼うことになった。

ガリガリでノミだらけの子猫は死にかけていたのだが、洋子さんの弟のおかげでなんとか一命をとりとめた。

その子猫は桃吉と名付けられ、予防接種と健康診断を済ませると、毎日暖かい布団でよく眠るようになった。

桃吉は今までに見たことの無いような猫だった。夜は洋子さん達の布団で一緒に眠り、朝は一緒に布団から這い出て、旦那さんと洋子さんと三人で朝食を食べ、旦那さんが仕事に行くのと同じ時間に外に出ていく。そして、昼の地域チャイムが鳴ると帰宅し、洋子さんと一緒に昼ご飯を食べ、食べ終わるとまたお出かけ。夜は、夕方十八時の地域チャイムが鳴る頃に帰宅するようになった。


そんな暮らしが一年ほど続いたある朝、洋子さんの母親から突然電話がかかってきた。

「お父さんと喧嘩したから、今日昼の便で○○（弟の名前）をつれてそっちに泊まりに行くから」

その電話のわずか数時間後には母と弟が種子島までやってきて、三人は久々の再会を喜んだ。

「桃吉はどこ？　久しぶりに会えるから楽しみに来たんだよ」

到着するなり弟が言ったのだが、丁度桃吉は昼ご飯を食べ終わって家から出て行ったところで、久々の再会とはいかなかった。

「十八時のチャイムが鳴ったら帰ってくるよ」

洋子さんは母と弟をそう言ってなだめてから家の中に通すと、ゆっくりとお互いの近況を報告しあった。その後、洋子さんは夕食の買い物ついでに徒歩で旦那さんを迎えに行った。十七時半になり、職場からでてきた旦那さんと合流すると、旦那さんの車でスーパーに向かった。

買い物が終わって車に戻り、エンジンを掛けようとすると、エンジンがかからない。何度試してもエンジンがかかることはなく、バッテリーが上がったのかもしれないと思ってスーパーの斜め向かいにある車屋に見てもらうことにした。

ところが、バッテリーを充電してもエンジンがかかることはなく、車屋も頭を抱えているうちに十八時を知らせるチャイムが鳴った。

そこから原因が分からないままいろいろと試していたのだが、三十分ほど経過した頃に急に何事もなかったかのようにエンジンがかかった。

「うーん、どこも問題ないのに何でかからなかったの？」

車屋も原因は分からないままで首をかしげていたのだが、とにかくエンジンもかかったことだしと、車屋に頭を下げて車に乗り込むと家に向かった。家に着く頃にはすでに時刻は十八時半だった。

「ねぇ、桃吉帰ってきたの？」

家で留守番していた弟に問いかけると、弟は少しムスッとした表情で答えた。

「帰ってきてないよ」

今までチャイムが鳴ってから戻らなかったことは一度もないので、洋子さんはとてつもない不安に襲われた。

しかし、長年動物を飼ってきた母は、

「オス猫は発情期になると帰ってこない日もある」

そう言って気にもしていなかった。けれど、夕飯を済ませ、寝る時間になっても桃吉は戻らない。

洋子さんと旦那さんは胸騒ぎが治まらず、眠りにつくことができなかった。

そして、明け方四時頃、急な眠気に襲われて洋子さんはそのままソファーに横になった。

その時、こんな夢を見た。

腰のあたりまで草が伸びている家の庭に一人でポツンと立っていると、草むらのどこかから桃吉の鳴き声が聞こえた。洋子さんは必死に草をかき分けると、桃吉に向かって呼び掛けた。

「桃吉〜どこにいるの〜」

すると、草の間から桃吉がぴょこんと顔を出した。

洋子さんは泣きながら近づき、

「良かった！　どこ行ってたの！」

そう言って抱きかかえようとするのだが、捕まえようとすると、するりと逃げ出してしまう。しかし、桃吉は少し進むと何度も止まっては振り返り、洋子さんを見つめていた。

しかし、結局最後まで捕まえることはできずに、桃吉は最後に「にゃ〜ん」と甘えた声で鳴いて姿が見えなくなってしまった。

桃吉の最後のやけにしっかりと頭に残る鳴き声でふと目が覚めた洋子さんは、隣の部屋で横になっていた母や弟、旦那さんに声をかけた。

「今、桃吉の声がした！」

そう言いながら襖を開けると、三人とも起き上がっており、

「私達も聞こえた‼」

口々にそう叫びながら家の外に飛び出したのだが、残念ながら桃吉の姿はそこにはない。

肩を落とした四人だったが、家の前の道路に不思議な物を見つけた。

家の正面の道路に広がる濡れた跡。

匂いを嗅ぐと酒だった。帰宅した時は真っ暗で気づかなかったようだ。

洋子さんは、背中に寒いものを感じた。もしや、桃吉が轢かれて誰かがお酒を撒いたのでは？

そのことを家族に伝えると、「縁起でもないことを言わないの」と怒られ、誰も取り合ってくれなかった。

しかし、そのまま玄関先でしばらく話していると、突然大雨が降ってきて、あっという間に酒は流されてしまった。


あれから十ヶ月が過ぎた。

桃吉は戻って来ないままだ。

洋子さん達は、寂しさを紛らわすように新しい子猫を二匹飼っていた。

それから二ヶ月後。

旦那さんの転勤が決まり、引越しの準備でバタバタした日々を過ごしていた。

種子島を離れる最後の日。

洋子さん夫婦は新聞を取っていたので、最後の集金を頼んでいた。

当時、種子島はまだ田舎で毎月新聞屋が集金に来てくれていた。

顔見知りになった新聞屋のおじさんにお別れを言おうと思っていたところ、最後の集金に来たのは、奥さんだった。

色々お世話になりましたと世間話をしていると、新しい猫が洋子さんの膝の上に乗っかってきた。すると、それを見た奥さんがにこりと笑いながら呟いた。

「あら、猫ちゃん飼ってるの？　可愛いわね」

「猫お好きなんですか？」

「大好き。うちの家にもいるのよ。そう言えばね……」

そこから、信じられない話を奥さんは話し出した。

「一年くらい前かな？　買い物帰りにここの前の道をバイクで通ってたらね、虎柄の綺麗な猫が轢かれていたの。まだ温かくてね。あまりに綺麗だったから飼い猫だと思うんだけど、もう息はなかったからそこの向かいの畑に埋めてあげたの。そこ私の畑だから……道路にはお酒をかけて、お花と一緒に埋めてあげたのよ。十八時のチャイムが鳴る頃だったよ」

桃吉はやはりあの日に轢かれていた。

もし、スーパーでエンジンが止まっていなければ、桃吉の亡骸を見つけたのは洋子さん達だっただろう。

桃吉は、そんな姿を見せたくなかったのかもしれない。

もし、明け方あの夢を見なければ、酒の跡は大雨に流されて消えていたかもしれない。

もし、最後の集金が奥さんではなかったら、この話も桃吉のお墓も知らないままだったかもしれない。

洋子さんはそのすべてが偶然だとは思えなかった。

甘えん坊で優しい桃吉だったから、最後の姿は見せたくない。でも、もう帰って来られないことは伝えたい。そして最後に、種子島を離れる日に全てを教えてくれたような気がした。

帰り道（屋久島《やくしま》）

一九九三年十二月十一日、白神山地《しらかみさんち》とともに日本初の世界自然遺産として正式に登録された屋久島。

世界中から多くの観光客が訪れる人気観光地であり、年間二十万人ほどがこの地を訪れている。

美しく壮大な山々を擁し、青く澄み渡った宝石のような海に囲まれた楽園のごとき場所であるが、意外にも多くの怪談話がある島でもある。

また、島にはいくつもの心霊スポットと呼ばれる場所があり、島外から来た者が身を投げることがあるという大橋や、過去に多くの釣り人が滑落して命を落としている灯台付近などは幽霊が出るという話もある。しかし、今回ご紹介する話はそういった心霊スポットで起こった話ではない。

屋久島で民宿を経営しているIさんから聞いた話だ。

現在三十代後半のIさんは生まれも育ちも屋久島で、ずっと島で暮らしているのだが、一度だけ怖い思いをしたことがあるという。

その日は夕方に自転車で自宅を出て、宮之浦大橋《みやのうらおおはし》という大きな橋を渡って友人の家に行き、仲の良い友人達と三人で酒を飲んで盛り上がっていた。

気心の知れた友人達との会話は途切れることがなく、気が付いた時にはいつの間にか日付が変わってしまっていた。

もう帰らなければと、Iさんは友人のTさんと共に家を出て、二人でそれぞれ自転車に跨りゆっくりとしたペースで走り出した。

二人で並んで五分ほど走ったところで行きにも通ってきた宮之浦大橋に差し掛かったのだが、橋の中腹まで来たところで十メートルほど先の欄干の上に何かがあるのが見えた。

薄っすらと暗がりの中にある〝それ〟は何か人の形のようにも見え、驚いた二人はその場で自転車を停めて、その何かを凝視した。すると、それは欄干の上からスルスルと滑るようにして二人の方へと近づいてきたのだが、街灯の灯りで照らされたその正体は、長い髪を振り乱して口を大きく開けた半透明の中年女性の上半身だった。

驚いた二人は声を出すこともできなかったのだが、体は即座に反応してペダルを全力で漕ぎ、上半身だけの女性を避けながら橋を渡り切り、振り返るともうそこには女性の姿はなかった。しかし、橋から遠ざかっても、もしかしたらまだついてきているのではないかという恐怖は抜けず、何度も二人して後ろを振り返りながら自転車を漕いでいると、左側に墓地が見えてきた。

この時すでに時刻は深夜零時を過ぎているのだが、街灯がないために普段は真っ暗な墓地の中がなにやら怪しく光っていることに二人は気付いた。

そして、子供達の騒ぐような「キャッキャ」という声が墓地の方から聞こえてくる。

一体こんな時間に何をやっているんだろうと、先ほどの橋での出来事がすっかりと吹き飛んでしまった二人はそのまま墓地の方へと近づいて行った。すると、墓石が見える位置まで来たところで、ズラリと並んでいる墓石の上をいくつもの赤い光の玉が蛍のように緩やかに飛び回っているのが見えた。

驚いた二人はまたしてもペダルを全力で漕いで墓地から離れ、別れてそれぞれの家に帰った。

Ｉさんが屋久島で不思議なものを見たのはこの日だけで、なぜこの日に二度も理解できないものを見てしまったのかは分からないのだという。

ガジュマルの木の下（徳之島）

徳之島の中心地である亀津《かめづ》出身の岡さんが十代の頃の話だ。

ある日の深夜、暇を持て余したので友人の家にふらりと向かうことにした。

台風の影響を受けやすい徳之島では平屋の一軒家が多く、友人の家も古い平屋だった。

足音を立てないように常夜灯の灯りが漏れている友人の部屋に近づき、部屋の窓をコツコツと叩いてみるのだが、寝てしまっているのか反応がない。何度かノックを繰り返しても反応はなく、携帯電話もない時代なので諦めて帰るしかなさそうだった。

くるりと後ろを振り返ると、家の敷地から出て道を挟んだ反対側に大きなガジュマルの木が見えた。木の根元の部分が空洞になっていて、そこに祠があるのだが、その祠の前に見知らぬ女性が立っている。来た時は絶対にいなかったのに、いつ現れたのか……。その女が、岡さんに向かって手招きをしていた。

不思議と恐怖心はなく、女性の方へと歩いて行っている途中で、友人の家の敷地内に落ちていた何かに躓き、大きな音を鳴らしてしまった。すると、すぐにドタドタと足音が聞こえてきて、友人の両親が玄関から出てきた。

「アンタどこの子ね！　ここで何してんの⁉」

岡さんはこっそりと友人を遊びに誘いに来たものの、友人が起きなかったのだと正直に話した。

「でも今、逃げようとしてたよね？」

「いや、そこのガジュマルの下で女性が手招きしていたので、そっちに行ってたんです」

三人で一斉にガジュマルへと視線を向けたのだが、そこにはもう女性の姿はなかった。

「アンタ、本当にその女性見たの？　もう絶対にその女性に近づいたらいけないよ」

両親は恐ろしいものを見るような目つきでガジュマルの方を眺め、家の中へと戻っていった。

後日、先日のことが気になった岡さんは、大人達に祠のあるガジュマルについて尋ねてみると、こんな話を聞かせてもらった。

何十年も前のこと、島の外から女性がやってきて島の男と結婚したのだが、なかなか子宝に恵まれなかった。

当時の暮らしは貧しく、次の労働力として多くの子供を作るのが一般的だったのだが、一人の子供も生まれないことに腹を立てた旦那の両親は、ガジュマルの根元の空洞に牢を作り、そこで女性を監禁していたのだという。

その後女性がどうなったのかは聞かされなかったのだが、今でもガジュマルの木の下にある祠はその牢と関係があるものなのだそうだ。

シキントウ墓（徳之島）

徳之島の諸田《しょだ》地区、諸田池のすぐ傍にシキントウ墓はある。

この場所は古くから石の座像の安置されている場所として地域住民から崇拝されており、石の座像とともに三基の墓石がある。

これらの墓石の内の二つは「伊地知《いじち》重張《しげはる》（一六四五〜一六九二）と、法元太郎左衛門《ほうがたろうざえもん》（〜一七七五）」のものだということが分かっているのだが、もう一基は誰のものか分かっていない。

そして、これらの大変に古い墓石とともに安置されている石の座像なのだが、この座像の首は胴体と固定されておらず、首だけがグルリと一周動かすことができることから、地元では首なし地蔵という通称で呼ばれているそうだ。

ある日、岡さんは暇つぶしにシキントウ墓を訪れると、首なし地蔵に近づいて固定されていない首を両手でがっしりと握り、ゆっくりと反対側に回し始めた。

ゴリゴリと手に石と石が擦れる感触が伝わってくるので、壊さないように慎重に首が真後ろを向くまで回すと、その状態でスマホで写真を撮ってから友人に送信し、悪戯心から首の向きは戻さずにそのまま帰ることにした。

帰り際、座像から少し離れたところで後ろから小さな音が聞こえてきた。

ズズズズズ

それは石と石の擦れるような音で、岡さんが振り返ると、先ほど反対側に向けた座像の首がゆっくりと回転して正面を向き、そこでピタリと止まった。

怖くなった岡さんはすぐに家に帰り、それ以来シキントウ墓へは行っていない。

シキントウ墓　（徳之島）

シキントウ墓の座像（著者撮影）

フィリピン村（徳之島）

徳之島の天城町《あまぎちょう》にフィリピン村という場所がある。これは天城町が一九九〇年にフィリピンのネグロス島シライ市と姉妹盟約を結んだことを記念して作られた公園なのだが、長いこと交流実績がないために事実上の提携解消となっている。

その為、現在ではフィリピン村は放置されており廃公園となっているのだ。

公園横には川が流れており、少し上流には大きな橋が架かっているのだが、賭博好きな島民性を持つ徳之島では賭博で多額の借金を抱えてしまう方もおり、どうしようもなくなった場合にはこの橋から飛び降りることがあるという。そして、飛び降りた人の遺体は公園付近に流れ着くと言われており、さらに公園内のトイレの裏側には防空壕があり、その中には人骨があると噂されていることから、フィリピン村には多くの幽霊が出るとまことしやかに語られている。

ある時、岡さんは友人からこんな話を聞かせてもらった。

深夜に肝試しでフィリピン村を訪れ、裏に防空壕があるという公園のトイレ前に車を停めて、一度ライトを消した。

それからしばらく待ち、再びライトを点けると車の周りを骸骨のように痩せこけた集団に囲まれており、急いで逃げ出したのだという。


この話を聞いた岡さんは、「そんなバカなことがあるか」と、成人式の終わった直後に父親にハイエースを借りて、そこに十人ほどの友人達をギュウギュウに押し込んで深夜二時にフィリピン村を訪れた。

そして、友人から聞いていたトイレの前に車を停めると、突然パチリとヘッドライトの明りを消した。しかし、友人達は人数が多いとはいえ急に漆黒の闇に包まれたことに恐怖を感じたらしい。後部座席からは「早くライトを点けろよ!」と幾つもの怒声が聞こえてくる。

「あぁ、わりぃわりぃ」

岡さんは謝りながらヘッドライトの灯りを点けた。辺りがぱっと明るくなると同時に、岡さんのすぐ目の前のフロントガラスに骸骨のように痩せこけた女がベッタリとくっついており、目が合った。

恐怖で体が硬直しながらも目だけで左右を見ると、正面の女だけでなく、車の周りはすべて骸骨のように痩せこけた集団に囲まれてしまっていた。

彼らは何をするでもなくのっぺりと車の周りで揺れており、その姿はまるで海中を漂うワカメのようだったという。

後部座席からは友人達の狂ったような悲鳴が響いており、岡さん以外にもその姿は見えているようだ。

岡さんは急いでギアをDに入れて車を発進させ、一番近くにあるコンビニエンスストアまで逃げ帰ってきたのだが、車から降りると駐車場内のライトで照らされた車のボディには出発前にはなかった泥が異様なまでにびっしりとこびり付いていた。

友人達はショックで口数が少なくなっており、後部座席で真っ青な顔をして俯いている。岡さんはコンビニへ入り日本酒を買うと、そのまま一瓶全てをハイエースに撒いてから一人ずつ友人達を家へと送り届け、翌日には父親にばれる前にしっかりと洗車して全ての泥を洗い流した。

岡さんは今でも時折フィリピン村に行ったメンバーで酒を飲むことがあるのだが、毎回必ずこの時の話が出るという。

フィリピン村（著者撮影）

犬《いぬ》田《た》布《ぶ》岬《みさき》（徳之島）

徳之島南西部にある犬田布岬は東シナ海に突き出した琉球石灰岩の海蝕崖の岬で、戦艦大和の慰霊塔が聳え立っている。

慰霊碑から坂を上ったところにある広い駐車場にはカフェやスナックも併設されており、島で人気の観光地となっている。

しかし、慰霊塔によるものなのか、岬で亡くなった多くの釣り人の魂によるものなのかは分からないが、筆者が徳之島に住んで取材を行っていると数人から、「この場所で幽霊を見た」や、「この場所で不思議な体験をした」という話を聞くことができた。

数十年前の話だ。

Mさんという女性の実家は犬田布岬から歩いて五分ほどのところにある。

Mさんのお母さんは勘の鋭い人で、時折不思議な体験をすることがあったという。

その日もいつもと同じ何の変哲もない一日が終わり、お母さんが布団に横になると家の外からがやがやと老若男女の騒ぐような声が聞こえてきた。

何かあったのかと心配になったお母さんは布団から起き上がり、玄関から外へ出てみたのだが、声だけが聞こえていて誰の姿も見えない。

これはおかしいと思い、Mさんに「ちょっとこっちに来て！」と声をかけ、玄関の外まで来てもらったのだが、Mさんには何の声も聞こえなかった。

「お母さん、誰もいないし声聞こえないよ？」

お母さんは首を傾げながら家の中に戻り、しばらくすると声は聞こえなくなったという。


夜中に声が聞こえてから一週間後のことだ。

その日は土曜日で学校が休みだったため、Mさんとお母さんが家で昼ご飯を食べていると、外からガヤガヤと老若男女の声が聞こえてきた。

「ほらっ！　またあの声が聞こえてきたよ！」

今回はMさんにもその声が聞こえていた。

すぐに二人して外に出ると、多くの人がMさんの家の前を通って騒々しく犬田布岬の方へと歩いて行っていた。

何があったのかと尋ねてみると、犬田布岬で遺体が発見されたとのことだった。

こういう場合は通常、亡くなった方の霊が何らかのメッセージを伝えてくるという体験談が多いと思うのだが、なぜか亡くなる前に、しかも、現場に向かっている人々の喧騒を事前に聞いてしまっていたという何とも不思議な話だ。

犬田布岬（著者撮影）

ケンムン（徳之島）

数十年前の話だ。

その夜、美島さんは昔からの友人の家にお邪魔し、他愛もない世間話を交わしながら出してもらった冷えた缶ビールを一本飲んだ。

一時間ほど話した後、明日も朝から畑に出なければならないので、まだ飲もうと引き留める友人を振り切ってそのまま車に乗り込んだ。当時は今よりはだいぶん緩いとはいえ、飲酒運転で警察の世話にはなりたくなかったので裏道を通って帰ることにした。

友人の家から自宅までは車で十分ほどの距離で、この地区で生まれ育った美島さんは周辺の道は全てを把握していたはずだった。

しかし、この日はなぜか見たことのない道に入り込んでしまい、十分を過ぎても自宅に帰りつくことはできなかった。

それどころか、いくら走っても道だけでなく周りの畑も全て見たことのない場所だ。いったい自分はどこを走っているのだろうと少しパニックになりながら車を走らせていると、いつの間にか開けた駐車場に出た。

そこは何度も来たことがある場所で、犬田布岬の駐車場だった。しかし、犬田布岬は美島さんの家とは真反対の場所で、犬田布岬へと続く道ならよく知っているのだが、駐車場に入るまでは確かに全く知らない道を走っていたはずだ。

何が起こっているのか分からないままに、とりあえず車から降りて自動販売機でコーラを買い、一気に飲み干してから車へと乗りこんだ。

車の時計を確認すると、既に友人の家を出てから一時間が経過していた。一時間と言えば、かなりスピードを出せば車で徳之島を一周できてしまうほどの時間だ。

今度は確実に家に帰れるように、裏道ではなく県道を走るといつも通り十分ちょっとで自宅に帰りつくことができたという。

翌週、美島さんは先週と同じ友人の家に行き、一時間も訳の分からない道を走っていたことを話すと、友人は「お前ケンムンに化かされたな」と言って笑っていたそうだ。

ケンムンは沖縄の妖怪であるキジムナーに近い存在とされており、徳之島では時折こうやってケンムンに化かされることがあるという。

この日も美島さんは友人宅でビールを一本飲んでから裏道を通って自宅へと向かったのだが、この日は何事もなく十分で家に帰ることができた。

ピョンピョン　（南大東島）

南大東島に住む聡子さんという六十代の女性に聞いた話だ。

彼女には仲の良い同年代女性の好江さんという方がおり、夕飯を食べ終わった後で好江さんの家まで車で向かい、ゆんたく（おしゃべり）してから帰るのが日課になっていた。

その日も好江さんの家まで行って一時間ほど寛いだ後、車に乗り込みサトウキビ畑が続く夜道を走り始めた。

家までは二キロほどの距離のため、ゆっくり運転しても十分もかからず帰りつくことができる。街灯がボンヤリとサトウキビを照らし出すのを眺めながら車を走らせていると、前方の歩道上に真っ黒なシルエットが見えた。

（誰だろう？）

人口千二百人ほどの島なので、ご近所さんならば顔も名前も分かる。

車が近づくにつれて真っ黒なシルエットはヘッドライトの明りでその姿を露わにしてくるのだが、その人物は真っ黒なフード付きの長いマントのようなものを被っていて、頭までフードでスッポリと覆い隠されている。

(変な恰好……こんな人、島にいたかな?)

車がその人物の横に差し掛かった瞬間、

ピョン!　ピョン!


突然マント姿の人物はその場で上下に飛び跳ね始めた。

(何よあれ⁉)

怖くなった聡子さんがサイドミラーで後方を確認すると、まだその場で飛び跳ねているのは見えるのだが、フードから出た顔の部分だけが緑色に光っていた。

「あれは絶対に幽霊だったよ。私は島に何十年も住んでるけど、あんなの初めて見たからね」

聡子さんは、カボチャの天ぷらをご馳走してくれながら、そんな話を語ってくれた。

後日、筆者が島で聞き込み調査を続けていると、複数の島民から南大東島の納骨堂周辺で幽霊の目撃情報があることを聞かせてもらった。主に、「納骨堂周辺で夜に飛んでいる生首を見た」という話があるようで、この納骨堂から少し離れたT字路の辺りまで幽霊が出るという噂があった。

そして、実は聡子さんがピョンピョンと飛び跳ねるマント姿の人物を見たのはこのT字路のすぐ近くだった。

このマント姿の人物は、納骨堂で出ると言われている幽霊と何か関係があるのだろうか。

ピョンピョン　（南大東島）

納骨堂（著者撮影）

実際の目撃現場（著者撮影）

古民家（座《ざ》間《ま》味《み》島《じま》）

リゾートバイトで座間味にやってきた明子さんは、同じリゾートバイトの仲間達と一緒に会社が借りている一軒の古い古民家で生活することになった。

その古民家は沖縄でよく見る平屋建てのもので、とても古びた外観だった。玄関から中に入ると、外見と違わず内部にもカビの匂いが漂っており、しばらくは使っていない印象を受けた。

（なんかちょっと気持ち悪いな……）

それが明子さんの第一印象だった。

電灯からぶら下がる紐には蜘蛛の巣が張っており、台所に祭ってある火の神は埃をかぶっていて、誰かが管理している様子はなかった。

しかし、その時に夏の座間味へとリゾートバイトに集まったメンバーは気の合う人ばかりで、家の不気味さは感じながらも楽しい生活を送ることができていた。

仕事はシフト制で、全員が休みになるということはなく、一日に一人ずつ休みを回していっていた。基本的にリゾートバイトは繁忙期になると大量に人員を確保し、短期間の契約で働いてもらうシステムの会社が多く、その分仕事内容はハードになってくる。


明子さんが島で働き始めてちょうど一ヶ月ほど経った時のことだ。

その日はようやく一週間ぶりの休みで、疲れはピークに達しており、同僚達が出勤していく中で目覚ましもかけずに深い眠りに就いていた。


ここはどこだろうか。

いつの間にか太い枝が生い茂る木の下におり、どうやら椅子の上に立っているようだ。

そして、何か首に違和感がある。

手をそっと首にあてると、そこには輪っかになったロープがかかっていた。

（いやだ。私何しようとしてるの？）

すぐに手でロープを解こうとすると、ガクンと足元の椅子が倒れて首に衝撃が走った。

そこで目が覚めた。

目の前には天井が見えており、いつもの畳敷きの寝室の布団の上だった。

体にはべっとりと嫌な汗をかいており、夢で見た光景が今でもはっきりと頭の中に残っている。

早く起きなければ。

しっかりと目を覚ませば先ほどの悪夢から離れられそうな気がして、明子さんがグイっと体を起こしたその時――。


「首なんて吊らなけりゃよかった」


耳元で老人の囁くような声が聞こえた。

飛び起きた明子さんは周囲を見渡すが、誰もいなかった。

寝巻のまま古民家を飛び出すと、家の脇にある普段は気にもしていなかった大きなガジュマルの木が目に入った。すぐに分かった。夢の中で見た木だ。

そして、あの声の主が首を吊ったのもきっと。


その出来事の数日後にはリゾートバイトの期限が終了する予定だったので、明子さんは延長することなく島を出ることに決めた。

そして、あの時の出来事は何だったのだろうと島の歴史を調べていると、第二次世界大戦時、島民達約百七十名が集団自決をしたという悲惨な歴史に行き当たった。

配られた手榴弾で命を絶つものや、不発だった場合は家族が家族を撲殺、刺殺などすることもあり、自決方法の中には首吊りも含まれていた。

あのガジュマルの木で自ら命を絶ったオジイも、死にたくて死んだわけじゃないんだ。

明子さんは、古民家の耳元で聞こえた声を思い出していた。

パンプキンホール（宮古島《みやこじま》）

智美さんが女友達と三人で宮古島旅行に行った時の話だ。

この時の旅の目的地の一つに、パンプキンホールと呼ばれる場所があった。この場所はパワースポットとして近年注目を集めている鍾乳洞で、内部の鍾乳石がカボチャのような形をしていることからパンプキンホールと呼ばれている。

この日、智美さん達はパンプキンホールへと続くボラビーチの駐車場に着くと、水着に着替えて砂浜へと向かった。パンプキンホールは干潮の時に限り鍾乳洞への入口が姿を現すので、この日は干潮に合わせて現地を訪れていた。

平日ということもあってか、駐車場にもビーチにも人はおらず、まるでプライベートビーチに来たかのような状態で、三人ははしゃぎながら鍾乳洞入口を目指した。潮が引いて顔を出している波打ち際の岩場を慎重に進み、陸がなくなると泳いで鍾乳洞の入口へと向かった。

　ようやく鍾乳洞の入口へとたどり着くと、入ってすぐの場所にパンプキンホールの名前の由来にもなっている三メートルほどのカボチャ型の鍾乳石が待ち受けていた。

　智美さんともう一人の友人は感動してすぐにカボチャ型の鍾乳石へと近づいたのだが、最後の一人はせっかくなので動画を撮影しようということで、入り口に立ったままスマートフォンを取り出して撮影の準備をしている。

「ヨイショ！」

　掛け声とともに海の方から撮影を開始し、そのままスマートフォンをクリルと一周させると、すでに鍾乳洞内に入って行っている智美さんと友人を撮影し始めた。

　仲の良い三人でわちゃわちゃと鍾乳洞の探索を満喫し、帰りも泳いでビーチまで戻ったのだが、鍾乳洞でもビーチでも一人の観光客にも出会うことはなかった。

　帰り道、居酒屋によってからパンプキンホールについてネットで検索していた智美さんは、ある情報を発見した。

「ちょっと待って⁉　パンプキンホールって泳いでの上陸は禁止されてるから、ガイド付けてカヤックとかで行くしかないらしいよ！」

「え⁉　マジで⁉」

「だから私達だけしかいなかったんじゃん……」

三人は少し残悪感を感じながらビールを流し込み、自分達以外に誰も観光客がいなかったことに妙に納得することになった。


ホテルに帰ってくると、部屋は三人別々で予約していたので、それぞれの部屋へと入り智美さんはその日に撮った写真や動画の確認を始めた。

そして、パンプキンホールで友人が撮影した動画を見ていた時のことだ。

海側から始まって、鍾乳洞の方へとカメラは振り返るのだが、振り返りざまに海の中に何かが映っている。

（え⁉　これ何？）

もう一度繰り返すと、それは白い服を着た男性に見えた。

スローで確認すると、白い服を着た男性が、海から上半身を出しており、最初は智美さん達の方を見ているのだが、すぐに後ろを振り返っていることが分かった。

寒気が止まらなくなった。

（嘘でしょ？　最初から最後まで私達しかいなかったじゃん……）

すぐに友人二人にも連絡して動画を見てもらったが、二人の目にも白い服を着ている男性の姿ははっきりと確認できた。

「ビーチから鍾乳洞までは私達しかいなかったよね？」

智美さんともう一人は動画を撮影している友人の方を向いていたので、すぐ後ろに上半身を出して泳いでいる男性がいれば気付くはずだ。

三人は謎の男性に恐怖して眠れなくなってしまった。

「濱ちゃん、私達は三人とも誰も見てないし、元々あそこは泳いでの立ち入りは禁止やけんね。やけん、鍾乳洞の外に一人で泳ぎよう人がおることはありえんのよ」

そう言って、智美さんは私にも動画を見せてくれたのだが、確かにそこには海中で後ろを振り返る男性がはっきりと映っていた。

本書で動画を公開することはできないので、スクリーンショットを公開させていただくことにするが、あなたの目にはどのように映るだろうか?

パンプキンホール（宮古島）

問題の動画のキャプチャ画像（著者提供）
※カバー折り返しにカラー画像を掲載しています。

呪われた廃アパート（石垣島《いしがきじま》）

青い海に白いビーチ、心地よく吹き付ける南風でストレスを洗い流そうと、ひと時の癒しを求めて多くの観光客が訪れる沖縄県石垣市に属する八重山列島の一つ、石垣島。リゾート地としての石垣島情報は多く出回っているのかもしれないが、『石垣島の心霊スポット』と聞くとどうだろう。まさか南国の楽園にそんな場所があるなんて想像もつかないかもしれないが、実はこれがいくつもあるのだ。

心霊スポットの探索をライフワークとしている筆者が石垣島を訪れたのは二〇一九年の十月後半、台風が過ぎてはまたすぐに次の台風が発生するような、安定しない気候の中での出発だった。

石垣島には、「幽霊の出るトンネル」、「黒い影が追いかけてくる公園」、「日本兵の出るダム」など、本土と同じような噂の心霊スポットもあるのだが、私が一番気になったのは、数年前に石垣島に住んでいた方から寄せられた一軒の廃アパートに関する情報だった。

なんでも、そのアパートには女性の幽霊が出るために入居者が退去し、そのまま廃虚になってしまったというのだ。ただ、これだけでは情報が少ないのでネットで検索してみると、確かに「女性の霊が出るために廃墟になった」、「アパートの向かいにある家は、アパート側の面だけ謎に目張りされている」などの書き込みが見られた。

しかしながら、どれも噂の域を出ないような情報しかなく、もやもやとしたものを感じながら石垣島に足を踏み入れた。

飛行機を降りて空港を出ると、十月後半であるにもかかわらずジワリと汗がにじむような暑さだった。予約していたレンタカーを借りに行き、早速ホテルにチェックインすると明るいうちに心霊スポットの下見に出かけた。

最初に向かったのは件の廃アパートだった。

情報提供者から位置情報もいただいていたので、ホテルを出てから海沿いの道をしばらく走ると、十五分ほどで到着することができた。

建物は私有地のため、敷地外からグルリと見て回りながら周囲の様子を伺っていると、アパート向かいの民家が目に入った。噂通り、アパートに面した側は全てビッチリと目張りされている。まるで、何か見たくないものをシャットアウトするかのようなその様相に寒気を覚えながらも、アパートの写真を何枚か撮るとその場を後にした。

その後も数カ所下見をして、行った場所をX（旧Ｔｗｉｔｔｅｒ）に投稿していると、アパート廃虚の投稿にあるコメントがついた。

「数年前にその場所行って吐いたな。思い出しただけでも気分悪くなってくる」

すぐにコメント主に対してメッセージを送り、詳細を聞かせてくれないかと打診すると、暫く経ってから煮え切らない文面の返信が届いた。しかし、せっかくのチャンスを逃してなるものかと食い下がり、何度かやりとりを続けているうちに、なんと石垣島在住のコメント主が直接会って実際に嘔吐した際の話を詳しく教えてくれることになった。

早速その日の夜に情報提供者と合流し、アパート廃虚を目指した。

合流場所に現れた男性は三十代前半で、生まれも育ちも石垣島という生粋の島人だった。この方を仮にMさんとする。

お互いに簡単に自己紹介を済ませて出発した頃には時刻は二十三時を回っており、島の繁華街以外はもう静かな眠りについていた。

「いやー、まさかまたあの場所に行くことがあるなんて思ってもいなかったですよ」

Mさんは複雑そうな表情で呟いた。

沈黙が続く中、車は黙々と走り続けてアパートに到着した。

「ホラ、見てくださいこれ」

Mさんはそう言うと自分の腕を見せてきた。そこにはびっしりと鳥肌が立っている。

「もう着いた途端にこれですよ」

腕をさすりながら、Mさんはアパートの周りをグルリと回りながら解説を始めた。

「青い海に白い砂浜。窓を開けたらそれが見えるって憧れますか？　この場所は見ての通りすぐ裏が海なんでね、観光客は憧れる場所だと思いますよ。実際にこのアパートは元々外国人とかナイチャー（内地の人間）が住んでいたそうなんですよ。そうでしょうね。地元の人間は絶対こんなとこ住まないから。だって、台風来たら大変でしょ？　島の人間は台風の怖さを知ってるから、絶対にこんなとこ住まないんですよ。僕もこんな海沿いには住みたくないですね」

筆者「幽霊が出るという話は本当ですか？」

「外国人がアパート裏の海で入水自殺したって話は聞いたことがあります。濱さんも知ってると思うけど、女の霊が出るって噂もあるしね」

筆者「一体、Mさんはこの場所で何を見て嘔吐したんですか？」

「もう六年前の話なんですけど、後輩達と四人でドライブしている時に偶然このアパートの前を通りかかって、せっかくだから肝試しに入ろうよって話になったんです。まずは四人でドアノブをガチャガチャして回ったんですけど、何部屋か開いてる部屋があったんです。そこからは僕と後輩一人が一階を探索して、残り二人が二階に上がっていったんです。そしてしばらく経つと、二階から悲鳴が聞こえたんで、急いで上がってみると後輩二人がある部屋の前で『ヤバイ、ヤバイ！』と連呼しているんですよ。そこで、僕達もその部屋の中を覗いてみると、部屋の中央の天井から輪っかになったロープが垂れ下がっていたんです。そして、そのロープが窓が締め切られた部屋の中でブランブランと揺れているんですよ。遺体はなかったんですけど、そのロープが気持ち悪すぎて、走ってアパートから離れると吐いてしまったんです。」

筆者「それはリアルに嫌なやつですね……」

「はい。だからここ、普通じゃないんですよね……」

Mさんの話が終わると、アパートの外側をぐるりと動画撮影し、二人で現場を後にした。

・女の霊が出るせいで入居者がいなくなった
・入居者の入水自殺
・残された首吊りロープ

様々な怪異が語られるこの廃アパート。

二〇二四年現在、未だに取り壊されることもなくひっそりと海辺に立ち尽くしているが、これからどのような運命を辿るのだろうか。

海外心霊探訪―アジアの国々

恋愛占い（台湾《タイワン》）

筆者の前の職場の先輩に、六十歳を迎えたばかりの相馬さんという方がいる。この方は台湾人の方と結婚しており、奥さんの日本名はミキさんだ。

大の釣り好きである筆者と相馬さんは、何度か一緒に釣り遠征を行っており、その際にはミキさんも同行していたことがある。一度は三人で台湾にも行っており、その際はミキさんに通訳を頼み、台湾のタクシードライバーから怪談取材を行うこともできた。

この話は、そんなミキさん自身がまだ二十歳頃の話だ。

台湾では占いが人気で、日本のテレビ番組などでも時折、台湾の有名占い師に芸能人が占ってもらうという企画の番組を放送していることがある。

若い頃のミキさんはなかなか良い恋人に恵まれずに、とある有名占い師の元を訪れ恋愛運について占ってもらうことにした。

占い師の元を訪れたミキさんは、現在自分には恋人がいないのだが、自分にもいつかは結婚相手が現れるのだろうかと尋ねた。

すると、占い師は自らの占いの作法にのっとって動作をし、このように答えた。

「あなたは背が低くて眼鏡をかけた男性と結婚することになる。そして、二人の男の子が見える」

（この人、嘘言ってる）

ミキさんは占い師の回答を聞き、すぐに心の中で思った。

ミキさんは当時すでに、子供を生むことができない体だった。

そのことが分かっていたので、男の子が二人と聞いて占い師のことを信用することができなくなった。

その後は適当に話を聞き流して帰り、この占いのことはすぐに忘れてしまっていた。

その後、ミキさんは二十五歳の時に日本に渡り、紆余曲折あってスナックのママとして働くことになった。その時に客として来ていた筆者の先輩である相馬さんとお付き合いをすることになり、数年間の交際を経て結婚に至ったのだが、相馬さんは背が低くて眼鏡をかけている。

そして、相馬さんはバツイチなのだが、前の奥さんとの間に二人の男の子がいる。

「だからね濱ちゃん、あの人の言ってたこと全部当たってたのよ」

そう言ってミキさんは笑った。

カラオケボックス（台湾）

台湾の首都、台北《タイペイ》の中心部に心霊スポットと呼ばれることもある大型カラオケボックスがある。

このビルは現在では丸ごとカラオケボックスになっているのだが、以前はそうではなかった。

前ビルオーナーは最上階に住んでいたのだが、亡くなった後、遺骨は埋葬されることなくしばらく最上階の部屋に置きっぱなしになっていた。前オーナーの子供達が財産を巡って争い、決着が付くまで時間がかかったからである。

ようやく片が付き、その後ビルはカラオケボックスになったというが、カラオケボックスになった後に一度大火事が起こり、多くの人が亡くなった。

それからというもの、前オーナーの呪いや、火事で死んだ人の霊が出るという噂が広まり、このカラオケボックスは心霊スポットとして名を知られていくことになる。

実際にカラオケボックスの従業員として働いている人物の話によると、このビルのエレベーターと階段は客用と従業員用に別れており、客用はいたって普通なのだが、従業員用の階段には、全面の壁にびっしりとお札が張ってあるということだ。

また、前話に登場したミキさんが友人のメイファさん達とこのカラオケボックスを訪れた際には、こんな体験をしている。


ある時、彼女達は女四人でカラオケボックスを訪れた。

十一階の部屋に案内されたのだが、部屋に入った瞬間に姿の見えない何かがメイファさんの体を通り抜けた。通り抜ける際には激痛を伴い、しばらくの間心臓の辺りに痛みが続いていた。

メイファさんは陰陽眼《おんみょうがん》と言われている体質で、昔からよく霊を見てしまうことがあった。これは日本で言うところの霊感に相当するものなのだが、彼女はこういったことを今までに何度も経験していたし、今回のカラオケボックスの噂も知っていたので覚悟はしていたが、現場は想像以上に厭なものだったという。

　メイファさんは友人達を心配させないよう、なるべく痛みを表情に出さないようにして席に着き、曲を選び始めた。

　友人達はすぐに自分のお気に入りの曲を入れて、気持ちよく歌い始めていた。

　メイファさんも当時流行っていた女性歌手の曲を選ぶと、リモコンを使って入力し、送信ボタンを押すと確認するためにテレビ画面に顔を向けた。

　テレビが置いてある台にはデッキなどが置いてあるのだが、その台の二十センチほどの隙間に違和感を覚えた。何かが、詰まっているように見える。

　目を凝らしてよく見ると、その隙間に詰まっていたのは体全体がタコのようにグニャリと曲がりくねった女性で、友人の歌に合わせて、まるで自分も混ざりたいかのようにテレビ台の隙間から手や足をニョキッとこちらに突き出してくる。

　その様は岩陰から獲物を狙うタコのようで、メイファさんは歌うどころではなく、ずっと女から目を逸らして友人の歌に集中することにした。すると、彼女の異変に気付いた友人達は「何かいるの？」とメイファさんに尋ね、恐る恐る今自分が見えているものを伝えると、友人達も気持ち悪くなり、すぐにそのカラオケボックスを出ることになったという。

辛亥《しんがい》隧道《ずいどう》（台湾）

台湾のネット投稿で、一番怖い心霊スポットに選ばれたこともある場所。それが、台北にある「辛亥隧道」である。

トンネルの手前には火葬場があり、トンネルの上には墓地がある。そのため、トンネル内で幽霊を見て驚いた人達による事故が多発していると言われていて、実際にトンネル内のガードレールには多数の追突痕がある。

三十年ほど前のこと、ミキさんはその日、女友達と二人で肝試しをしに深夜の辛亥隧道を訪れた。

深夜と言っても交通量はとても多く、実際に行ってみると噂に聞くほどの怖さは感じなかった。

バイクをトンネルから少し離れた道の端に止めて、トンネル内の歩道を歩いてみると確かに噂通りガードレールにいくつもの追突痕があった。これが本当に幽霊を見たことによる事故だとしたら……。

段々と怖くなってきたミキさんは、来たことを後悔し始めた。

「ねぇ、ここ本当に幽霊出るんじゃない？　だって、これだけガードレールにぶつかった後があるんだよ？」

「そうだね……もう帰ろうか」

友人も気味が悪くなってきたようで、二人して逃げるようにバイクまで早足で戻った。

しかし、バイクに跨ろうとした時にミキさんは自分の顔に違和感があることに気付いた。

そっと手で顔を触れると、頬が両方ともパンパンに腫れ上がっている。

「ねぇ。ちょっと私の顔見て！」

「それどうしたのよ！」

「どうなってるの⁉」

「あなた、両方の頬が真っ赤に腫れ上がってるわよ！」

虫に刺されたり、どこかに擦ったりした覚えはないのだが、ミキさんの両頬は熱をもって腫れ上がっており、すぐにでも病院で診てもらわなければいけないような状態だった。しかし、時刻が深夜ということもあり、一旦近くに住んでいる従姉妹の家に泊めてもらおうと思い、バイクに跨って走り始めた。

ミキさんが先頭を走り、友人とバイク二台で従姉妹の住んでいるビルに到着し、そこで友人とは別れてミキさん一人で従姉妹の部屋まで向かった。

泣きながらガンガンガンガンとしばらくドアを叩いていると、眠そうな顔をした従姉妹のユーチェンさんが出てきた。

「あなたその顔どうしたの⁉」

ミキさんは泣きながら先ほどの出来事を説明すると、ユーチェンさんは暖かいお茶を出して慰めてくれ、明日の朝一で病院に付き添ってくれることになった。

そして、翌朝に病院に行って診てもらったものの、突然こんな症状が出るなんてよく分からないと年配の医者はさじを投げてしまった。

そこで、辛亥隧道に行ってからこうなったと詳しく訳を説明すると、それならばお寺に行った方がいいのではないかと助言を受け、その足で近くの寺に駆け込んだ。

迎え入れてくれた僧侶に事情を説明すると、すぐに御祓いをすることになり、本殿で読経が始まった。すると、頬の腫れはみるみる引いていき、御祓いが終わる頃にはすっかり治ってしまっていたのだという。

辛亥隧道（著者撮影）

辛亥隧道　（台湾）

追突跡の残るガードレール（著者撮影）

労動女性記念公園（台湾）

六十年ほど前のことだ。旗津中洲から高雄へと向かう連絡船が沈没し、十代から二十代の二十五人の女性が亡くなってしまうという痛ましい事故が起きた。

その後、女性達は「二十五淑女公墓」に合同埋葬されたのだが、夜になると泣き声が聞こえるという噂が広まり、周辺住人は恐れ慄いた。

「二十五淑女公墓」は最初は港の近くにあったのだが、港を新しくするために納骨堂の横に政府によって移設され、労働女性記念公園となった。

しかし、近隣住民が公園に女性達の霊が出るのを恐れたため、納骨堂を管理しているお寺に女性達を供養する地蔵を安置して現在に至る。

筆者は先輩である相馬さん夫婦と一緒にタクシーをチャーターしてこの場所を訪れたの

だが、ミキさんに通訳をしてもらい、タクシー運転手に話を聞くことができた。

現在でも労動女性記念公園は幽霊が出る場所として地元で恐れられており、話を聞かせてくれた運転手も、なるべく暗くなってからはこの場所は通りたくないということだった。

さらに、運転手の知人は二人もここで恐ろしい体験をしたということで、その話も聞かせてもらうことができた。


メイリンさんという女性は、ある時散歩がてらに友人と一緒に労働女性記念公園を訪れた。

そして、この場所では幽霊が出るという噂を面白おかしく友人に話していると、急に唇が腫れ上がりアヒルのような顔になってしまった。

驚いたメイリンさんはすぐに病院に向かったのだが、原因は不明で、近くにあるお寺に行って事の顚末を話したところ、すぐに御祓いをしてもらうことになった。すると、唇の腫れは嘘のように治ったのだという。

台湾の霊はすぐに祟り、顔の何処かを腫れさせることが多いようだ。

また、高雄で警察官をしているウェイさんは、非番の日に友人と二人で酒を飲み、酔いを醒ますために労働女性記念公園の前の道を歩いて帰っていた。

「ほら、お前もここの噂知ってるだろ？」

「あぁ、幽霊が出るんだろ？」

「そうだよ。そんなもんいるわけねぇのにな」

ウェイさんは酒の勢いもあって、笑いながら公園の隅に向かって立ち小便を始めた。用を足し終わり、さて行こうかと歩き始めた瞬間、二人の後ろから女性の声が聞こえてきた。

「何されてたんですか？」

二人して振り返るが、そこには誰もいなかった。

怖くなった二人は走って公園から離れたという。

労動女性記念公園　（台湾）

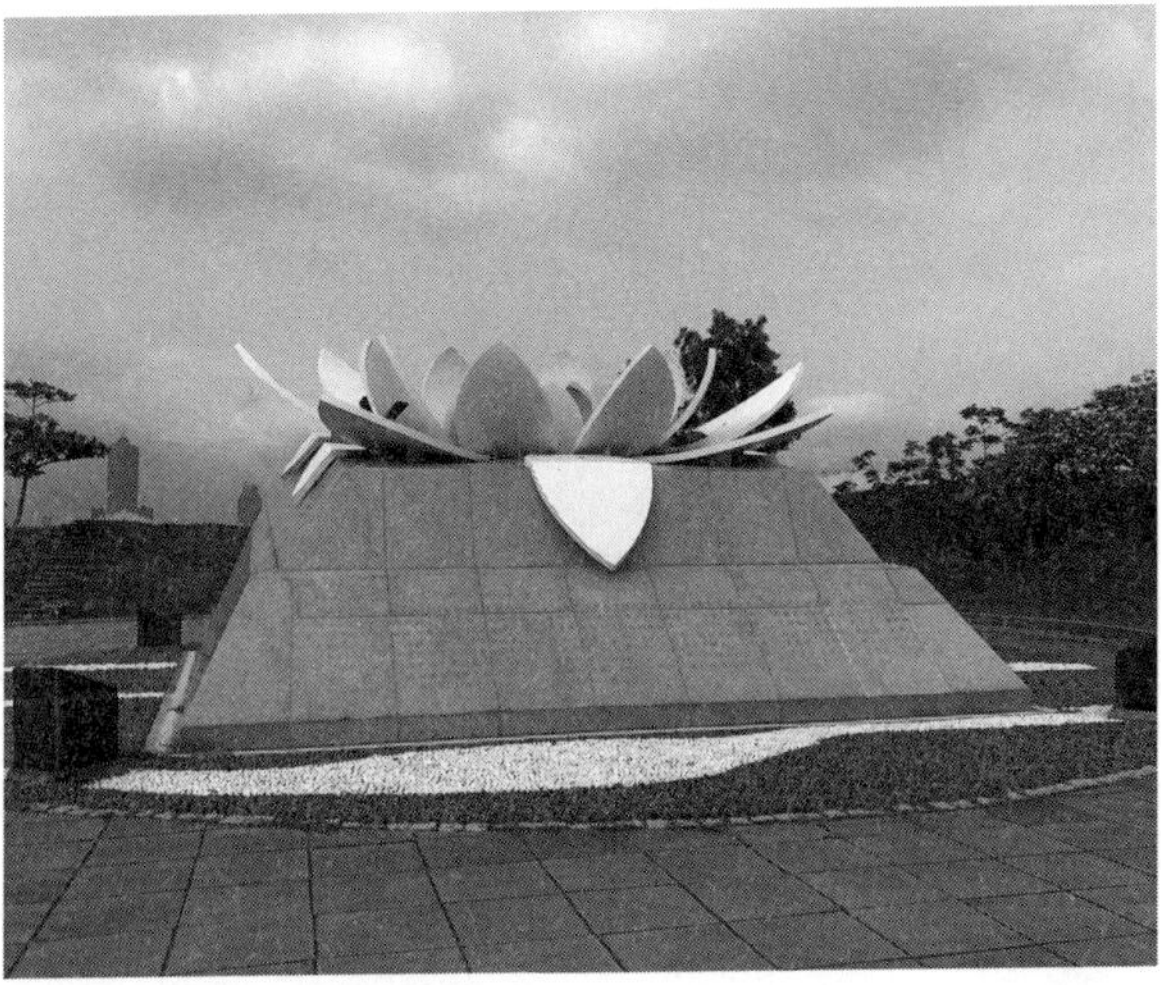

労働女性記念公園（著者撮影）

達徳《たっとく》学校（香港《ホンコン》）

筆者が香港を訪れたのは二〇一九年五月半ばのことだ。
この時香港を訪れたのは複数の心霊スポットを取材するのが目的で、その中でも最も期待していたのがＣＮＮの『アジア最恐心霊スポット10選』にも選ばれている「達徳学校」だった。
この学校は一九七四年から一九九八年まで使用されており、

・かつて日本軍やイギリス軍による殺戮が行われた
・校長先生が自殺した
・赤い服を着た女性の幽霊が出る

などの噂がある。
そして、上記の噂話や景観の不気味さから廃校後は心霊スポットとなったわけだが、二〇一二年九月に十二人の中学生が達徳学校に忍び込んだ際には、その中の一人の少女が赤い服の女性を目撃し、発狂してしまったと言われている。

少女は仲間に噛み付いたり引っ掻いたりと大暴れしたために友人達が警察に通報し、現場に警察と救急車が駆け付ける大事件になった。この事件は地元ニュースなどでも取り上げられ、達徳学校の知名度をより広めることにも繋がり、今では香港最恐の心霊スポットと呼ばれるまでになっている。

達徳学校は香港中心地から離れた天水園《ティンシュイワイ》という地区にあるのだが、付近でホテルを選ぶとなると選択肢は比較的高級なホテル二つしかなく、泣く泣くいつも宿泊するホテルよりも高い金額を払ってチャックインした。

このホテルからだと達徳学校は歩きでも行ける距離にあるので、部屋に荷物を置くと早速下見に向かうことにした。五月の香港は蒸し暑く、ジワジワとシャツが湿り気を帯びていく中、二キロほどの距離をグーグルマップを頼りに二十分ほど歩くと、念願の建物が見えてきた。

達徳学校の校舎外観（著者撮影）

校舎は外からパッと見ただけで分かるほど変色しており、いかにもお化け屋敷といった風貌だったのだが、少し歩くと見えてくる校門だけは塗り直しているのか、それほど年月を感じさせないものだった。

しかし、学校は思いのほか住宅地の中にあり、人の往来も多いため明るい時間帯に中に入ることは断念し、一度ホテルに戻り夜を待った。

時刻は二十二時、まだホテルの外では野外コンサートの音楽が流れているが、さすがに少し離れた達徳学校周辺は寝静まっているだろうと考え、カメラバッグを持って二度目の探索へと向かう。

ホテルから離れるにつれて街灯の数は減っていき、十分ほど歩くと道はほぼ真っ暗になる。

昼間は何とも思わなかったが、夜になってみると途中にある墓やトンネルが不気味に思えてくる。

それらを通り過ぎて歩き続けると学校のフェンスが見えてきた。

校門のフェンス（著者撮影）

昼間の長閑な雰囲気とは打って変わって、今目の前にある建物からは明らかに入ってはいけないオーラが漂っており、若干怯みながらも校門まで歩き、中に入った。

校門から少し進むと校舎入口があるのだが、時折誰かが使用することがあるのか、比較的新しい家具や飲み物が置いてある。この時点で時刻は二十二時半を回っているのだが、まだ外の道は人や車が通るので、なるべくフラッシュの光を外の通行人に見られないよう気を付けながら内部へと進んでいった。

そして、最初の扉を抜けるとすぐ右手には大型の線香立てがあり、大量の線香がお供えしてある。やはりまだこの建物は誰かが使用することがあるらしく、これは霊を鎮めるための物なのだろうか。

さらに進んで行くと教室が見えてくるのだが、さすがに開校から四十年以上、廃校になってから二十年以上経っているだけあって、建物はかなり老朽化している。ガラスはほぼすべて割れており、コンクリートも所々剥がれ落ちてしまっている。

足元に注意しつつも先へと進み、一つ目の部屋に入るとその中に鎮座するものを見て背筋が寒くなった。

大型の線香立て（著者撮影）

そこにあったのはいくつものロザリオを首からぶら下げたマリア像だった。そしてその足元には、明らかに供え物らしき水の入ったペットボトルが置いてある。

香港で信仰されている宗教は主に、仏教、道教、キリスト教なので、線香とマリア像自体はこの国では不思議なモノではないのだが、一つの施設内に線香とマリア像が置いてあるというのは気味が悪い。この施設を今現在も使用している人々は一体何を恐れてこれらを置いているのだろうか？

続いて二階へと上がり教室を一つ一つ見て回る。全体的にかなり不気味な雰囲気は漂っているのだが、ここまで特に異常なことは起こっていない。緊張感が途切れ始め、フラッシュをバシャバシャ焚きながら写真を撮っていた時に異変は起こった。

手すりから身を乗り出して向かいにある校舎の写真を撮っていると、

「ガチャガチャガチャ、ギィーーーーー！」

なんと、校門の錠を外して門を開ける音が聞こえてきた。時刻はすでに二十三時近い。校舎の向こう側には道路があるのだが、私がそちらに向けてフラッシュを焚いていたために、通りがけにフラッシュを見た建物の関係者か警察が入ってきた。状況的にそうとしか考えられず、すぐにライトを消して教室の中に入り、息を殺して相手の動きを窺っていた。

ロザリオを掛けられたマリア像（著者撮影）

校門の方からは微かに足音や話し声が聞こえており、明らかに向こうもこちらの動向を窺っている、そんな雰囲気だった。

それから十分ほど教室内で様子を見守っていたのだが、門が閉まった音はしていないけれど、校門周辺の気配は一切しなくなった。恐る恐る校門まで忍び足で近づき、今どういう状況なのか確かめることにした。

校舎入口の壁にくっついて耳を澄ませてみるが、全く足音や話し声は聞こえてこない。もう大丈夫だろうとゆっくりと顔を覗かせてみると、門は閉まったままでそこには人っ子一人いない。先ほどは明らかに門の開く音と人の話し声や足音が聞こえてきており、〝門が閉まる音〟は聞いていないのに、この状況は明らかにおかしい。

ドクン、ドクンと心臓の鼓動が速まるのを感じながらも、まだ校舎内の撮影が半分しか終わっていなかったため、早足で校舎内に戻って残り半分の撮影を始めた。

原因は不明だったのだが、一応先ほどのことがあったためにフラッシュが必要なカメラでの撮影はせずに、ハンディライトでスポット照射しながらビデオカメラでのみ撮影し、撮影終了後は逃げるようにして門から飛び出した。

ホテルへの帰り道はタクシーを拾い、涼しい車内でグッタリとしてホテルに到着するのを待った。

先ほどの出来事は何だったのだろうか。汗ばんだシャツが一気に冷えていく心地良さでウツラウツラしながら考えてみるものの、答えは出なかった。

悪霊封じ　（フィリピン）

フィリピン諸島で一番大きな島であるルソン島の南部に、ミンドロ島という島がある。ミンドロ島の北部にはプエルドガレラというダイビングで栄えている観光地があり、そのプエルドガレラでダイビングガイドをしているレックスさんという男性に聞いた話だ。レックスさんにはお姉さんがいて、過去に二度妊娠したのだが、残念ながら二人とも死産になった。

この二件続いた死産には何か超常的な力が働いているのではないかと考えたレックスさんの両親は、普段は山の中に住んでおり人々からゴーストハンターと呼ばれている老婆を招いてお姉さんのことを見てもらうことにした。

老婆は弟子と思われる二人の若い男を従えてレックスさんの家にやってきた。

老婆はお姉さんとしばらく話したのち、霊が憑いていることを確信したようで御祓いの準備に入った。

お姉さんを部屋の真ん中に置いてある椅子に座らせて自らは正面に立ち、何やら呪文を唱え始めた。

すると、急に家のどこかからゴトゴトと音がし始めた。

家族全員がキョロキョロと音の出所を探していると、どうもその音はトイレのほうから聞こえてきており、老婆が呪文を唱える度に音が大きくなっていく。

ガタンゴトンガタンゴトン！

「間違いない！　トイレにいるよ！」

老婆が叫んだ。

音はまるでトイレの中で台風が発生したかのように凄まじく、天井のトタンが大きく動いているのが分かる。

それから十分ほど立つと音は次第に小さくなっていき、家の中は静寂へと戻った。

音が止むと同時に老婆は呪文を唱えるのをやめて、弟子達にトイレの中を見てくるように指示した。

二人がトイレの扉を開けると、そこには二つのペンダントが落ちていた。それを手に取って老婆と家族に見せるのだが、レックスさん達はそんなペンダントに見覚えがなかった。

不思議がるレックスさん一家をよそに老婆は落ち着いてこう言った。

「霊は二体いたけど、それぞれがペンダントトップの中に封印されているからもう大丈夫だよ」

レックスさんがペンダントをよく見ると、二つのペンダントのペンダントトップにはそれぞれ別の顔が彫り込まれている。

「それが封印されている霊の顔だよ。もう害はないからあなた達が持っておきなさい」

そう言われたために二つのペンダントはレックスさんのお姉さんが保管することになり、今でもあるということだ。

その後、お姉さんは子供を授かり無事に出産することができた。

もう二十年ほど前の話で、現在はゴーストハンターと呼ばれた老婆はすでに亡くなっている。

英語留学（フィリピン）

人件費の安さと豊富な英語人材がいるということで、フィリピンには多くの外国人向けの英語学校がある。

フィリピン全土に幅広く学校はあるのだが、バギオやセブなどの人気観光地には特に学校が集中しており、群雄割拠の状態だ。

私の友人である恭介は七年ほど前にバギオにある韓国資本の英語学校に通っており、そこで一度だけ恐ろしい体験をしたという。

バギオは第二次世界大戦時の激戦区であり、未だに多くの戦時中の霊の目撃情報があるような場所でもある。

特に、学校を建てるような広い敷地は何かしら曰くのある土地を他より安く買うこともあるようで、恭介の通っていた学校と寮も土地の因縁のせいなのか、日本兵の目撃情報が多かった。

噂としては、夜になると規則正しい軍隊のような足音が寮内を歩き回るといったものや、寮の周りを行進している日本兵の姿を目撃したというものだ。

その学校は韓国資本ということもあり、生徒のほとんどは韓国人なのだが、日本人も少数在籍しており、必然的に日本人同士の繋がりは強くなっている。

恭介の滞在していた寮の部屋は日本人と二人部屋で、四歳年下の和也さんという方と共同生活を送っていた。

和也さんは恭介がやってくる一ヶ月ほど前から学校に入っており、年下ながらもいろいろと周辺の案内などもしてくれ、とても親切な好青年だった。そして、打ち解けてくるにつれこんなことを漏らすようになってきた。

「恭介さん、この寮変なことないですか？　僕、時々深夜に部屋の外を歩く足音とか聞いて目が覚めちゃうんですよ」

「いや、俺は夜は大体酒飲んで酔っ払ってるから分かんないね……」

本当は寮内での飲酒は禁止されているのだが、恭介はフィリピン人ガードマン達と仲良くなっており、ガードマン達の控室に夜中に忍び込んでは一緒に酒を飲んでいた。そのまま酔っ払ったまま部屋に戻り、先に眠っている和也さんを横目にベッドに潜り込むと早々に眠ってしまうので、足音なんて気にしたこともなかった。

ある夜、いつものように恭介は警備員達としこたま酒を飲んで、酔っ払った状態で部屋まで戻ってきた。

そして常夜灯の明かりを頼りにベッドに辿り着くと、そのまま倒れ込むように眠りについた。

眠りについてからしばらく経った頃、尿意を催して目を覚ました。

ゆっくりとベッドから這い出して共同のトイレに向かうと、用を足してから部屋の前まで戻ってきた。

音を立てないように静かにドアを開けると、部屋の真ん中で、先ほどまでベッドで寝ていたはずの和也さんが倒れており、口から泡を吹いて痙攣している。

恭介はすぐにガードマンの控室に向かい、救急車を手配してもらった。

救急車が来るまでの間、ガードマンと恭介は和也さんを介抱していたのだが、少し経ってから意識の戻った和也さんはこんなことを話した。

「僕、今日も足音聞いて目が覚めたんですよ。そして、何気なく恭介さんの方を見たらいなかったんで、まだお酒飲んでるのかなと思ってたんですけど、その瞬間にガチャってドアが開いたんです。あっ、恭介さんだと思ってドアの方見たら、それ、軍服を着た日本兵だったんです。それ見てから意識が無くなっちゃって……」

和也さんは救急隊に運び出されて病院に向かい、緊急の連絡を受けた学校職員も病院に駆けつけた。

和也さんの容体はすぐに回復したそうだが、学校に復帰することはなくそのまま日本へと帰ってしまったという。

スボ（フィリピン）

フィリピンに古くから伝わるスボと呼ばれる石がある。

スボとはタガログ語で「口に含む」という意味があるが、ある特定の石、またはその石を使った儀式を含めてスボと呼ぶこともある。

スボは霊力のある石でそれを飲み込むことによってスボの力を得ることができる。具体的には、事故などから身を守ってくれたり、悪霊に憑りつかれたりしないようにする効力があり、日本でいうお守りのようなものだ。

スボは宿主《しゅくしゅ》が生きている間は体のどこかに留まっているが、宿主が死ぬ間際には口から吐き出されて、基本的には宿主の子孫がまたそれを飲み込んで石を受け継ぐことになる。

そんなスボであるが、アレンさんという男性は人生で二度、実際にスボを見たことがあるという。

アレンさんが二十歳になる頃に祖母が体調を崩して入院した。

そして、いよいよいつ亡くなってもおかしくないという連絡が病院からあり、親戚一同は病院に駆けつけた。十人ほどが集まり祖母のことを覗き込んでいたところ、ぐったりとしていた祖母が突然せき込み始めた。

驚いた一同が祖母を取り囲んだ状態で見守っていると、祖母は咳込むと同時に口から二センチほどの黒い石を自らの腹部へと吐き出した。

石には痰のような粘液が絡み付いており、親戚一同はそれを飲み込まねばならないと知っていながらも気持ち悪さのせいで躊躇してしまっている。

「お前が飲み込め」

「いや、お前が飲め！」

誰が飲み込むのかを言い争っていると、突然石は空中に浮かび上がったかと思うと、左右にビュンビュンと激しく動きパッ！　とその姿を消した。

石は体から出たらすぐに飲み込まねばならないという言い伝えもあるのだが、誰もが忘れてしまっていたのだ。

そして、二回目にアレンさんがスボを見たのは四十歳になってからのことだ。

アレンさん一家は親戚の結婚式に行くために、隣町にある親戚の家に前日入りすることになった。

親戚の家は竹林に囲まれた場所にあり、すぐ近くには川が流れている自然豊かな場所にあった。

家に到着すると親戚達が出迎えてくれ、すぐに食卓へと通された。皆は久しぶりの再会を喜びながら酒を飲み、あっという間に時間が過ぎていく。

二時間ほどで瓶ビールを数本空けたアレンさんは尿意を催し、トイレへと向かった。

フィリピンの一般的な家のトイレには水を流すためのタンクが付いていないことがほとんどで、トイレの真ん中に便器のみがポツンと設置されており、便器の隣には大きなポリバケツが置かれている。ポリバケツには水が貯めてあり、用を足し終わるとそこから柄杓で水を掬って流すことになる。

アレンさんが用を足し終わってバケツから水を掬おうとすると、バケツの水の水面に不気味な馬面の顔が浮かんでいるのに気付いた。驚いて体を仰け反らせたところで、バケツの中の顔は話しかけてきた。

「そこの窓の縁に置いてある石を見ろ。これはお前に素晴らしいパワーを与える。しかし、その代わりに俺はお前の妻をもらう。さあ石を飲むんだ。」

アレンさんが窓の縁を見ると、そこには二センチほどの真っ白な石がある。

（スボだっ！）

驚いているアレンさんに向かって、馬面の顔はなおも話しかけてくる。

「何を恐れているんだ？　さあ、石を飲むんだ」

バケツの中の顔は低い声で迫ってくるのだが、アレンさんは恐ろしくなり逃げ出そうとしたところで意識を失ってしまった。


次に気づいた時には、アレンさんはまだトイレの中に立ったままでフラフラと前後に揺れていた。

我に返ってバケツの中を覗き込んでもそこに顔はなく、窓の縁にも石はなかった。急いでトイレを出て親戚達のもとに行くと、すでにトイレに行ってから一時間ほどが経過していた。

アレンさんが先ほどのトイレでの出来事を親戚達に話すと、それはフィリピンで広く知られている妖怪「ティクバラン」の仕業だろうという話になった。

ティクバランは上半身が馬で下半身は人間で、人を化かすと言われている。アレンさんはすでにティクバランに憑りつかれてしまっている可能性があるので、一刻も早くアルブラリオと呼ばれる民間医療などを行う祈祷師に見せる必要があった。

アルブラリオは元々はスペイン語で薬草学者という意味があるのだが、薬草等を使った治療から霊、妖怪等に対する祈祷も行っており、現在では都市部ではほぼいなくなってしまっているが、田舎では地域の住民達に頼られている。

幸い、田舎である親戚の家の近くにはアルブラリオが住んでいたので、すぐに親戚が近所に住む知り合いのアルブラリオの家まで走り、事情を説明して家まで来てもらうことができた。

アルブラリオは顔色の悪いアレンさんを見て、すぐに祈祷の準備を始めた。

親族一同が周りをぐるりと囲んで見守る中、アレンさんは部屋の真ん中に敷いたマットの上に寝かされた。

アルブラリオはアレンさんの足の指の間に三十センチほどはあろうかという大きな鳥の羽を挟むと口を開いた。

「お前が中にいることは分かっている！　出ていけ出ていけ！」

すると、アルブラリオの声に反応してアレンさんの様子がおかしくなってきた。どんどん目が充血していき真っ赤になったかと思うと、首を振りながら唸り声を上げている。

「ブヒヒン！　ヒヒーーーン！」

その様子は暴れ狂う馬のようだ。

「ホラッ！　そこはお前がいていい場所ではない！　出ていけ！　出ていけ」

アルブラリオは叫びながらアレンさんの足の指に挟んだ羽をギュっと締め付ける。

「ヒヒーー！」

痛みでアレンさんは叫びながら体をよじろうとするので、親族がそれを力づくで押さえつける。

それから二十分ほど祈祷を続けるとアレンさんは静かになり、寝息を立てて眠り始めた。

「もう大丈夫だろう」

そう言うとアルブラリオはヒタヒタと玄関に向かって歩いていき、それを親戚の何人かが見送りに出て行った。

　翌朝になり目を覚ましたアレンさんは、アルブラリオが来て祈祷が始まってからのことは全く覚えていなかったという。

フィリピンのトイレ（著者撮影）

ミンドロ島の海岸（フィリピン）

ルソン島南部、バタンガスのサンルイスという地区でサマークルーズという日本人宿を営む高垣さんという男性から聞いた話だ。

高垣さんは三十代半ばでフィリピン移住を決意して、脱サラしてフィリピンに移り住んだ。

フィリピン移住の目的はフィリピンでダイビングショップを開くことで、紆余曲折を得てフィリピン人女性と結婚し、一緒にサマークルーズという日本人宿兼ダイビングショップを開き、それから三十年ほどになる。

そんな高垣さんがまだフィリピンに来たばかりの頃、一度だけダイビング中に怖い思いをしたことがあるという。

高垣さんはフィリピンに来たばかりの頃、自分でダイビングショップを経営しながら自身も様々なダイビングツアーに参加して経験を積み重ねていた。

当時は今のようにインターネットは無い時代で、ツアーに行くとなるとツアーインストラクターの知っている場所に行くことがほとんどだった。

ある時、知り合いのフィリピン人インストラクターと、宿の常連さんと高垣さんの三人でミンドロ島のサンホセという場所に行くことになった。

このサンホセと言う場所は当時ロブスターが有名で、ロブスターの生息しているポイントは暗くて地元の人は潜らないので、ダイバーが潜るとそこら中ロブスターだらけだった。なので、行けばロブスターが取り放題・食べ放題になる楽園のような場所だということで、ワクワクしながら三人でサンホセを目指した。

そして、一日目は予定通り潜ることができ、三食ロブスターの食べ放題を楽しむことができたのだが、二日目は天候が崩れてロブスターのポイントでダイビングをすることができなくなってしまった。

しかし、せっかくミンドロ島まで来たことだし、どこかで潜りたいと思い宿のオーナーに何か良い場所はないかと聞いてみると、宿から車で十五分くらいのところにある浅瀬は今の天候でも潜れるという。

ならばそこに行こうということになり、早速三人で車をチャーターして向かったのだが、いざ着いてみるとその海岸は何の変哲もなく、見るからに潜っても面白くなさそうで三人は拍子抜けしてしまった。けれど、ダイビングの装備もわざわざ車に積んで一式持ってきているし、このまま帰るわけにもいかないということで、とりあえず着替えて潜ってみることになった。

それで潜ってみたのは良いものの、やはり潜ったところで水は濁っているしサンゴがあるわけでもないし、全く面白いところがない。高垣さんは数十メートル進んだところで他の二人に向かって「帰ろう」と水中で合図を出すと、三人はUターンして陸に向かって進み始めた。

そして、陸に向かって少し進んだところで誰かが高垣さんのフィンをチョンチョンと引っ張ってきた。

イタズラだと思った高垣さんは軽く蹴り返していたのだが、次第に引っ張る力が強くなってきて、どんどん後方に引きずられていってしまう。そこで初めてこれはまずいと思い、必死にジタバタもがきながら陸に向かって泳ぎ、ようやく陸に上がった時には息も絶え絶えとなっており、買ったばかりの高級なゴーグルが外れて、海中に流れて行ってしまっていた。

高垣さんが呼吸を乱したまま顔を上げると、すでに二人は先に陸に上がっており、笑いながら高垣さんのことを見て、「ゴーグルどうしたんですか？」などと言っている。

しかし、今ここで起こったことを言ってしまうと、二人が恐怖のあまりダイビングをやめると言い出しかねないので、何事もなかったかのようにその場は誤魔化した。

そして車に戻ろうと歩き始めると、行きは気づかなかったのだが海岸に棺桶が落ちていることに気付いた。

フィリピンでは遺体は石の棺桶に入れて埋葬することが多いのだが、それがポンと砂浜に落ちていて蓋がずれて中が丸見えになっている。

「気持ち悪っ！」

三人はゾッとしながらもチラリと中を覗くと、そこには砂が詰まっているだけで骨は見えなかった。

そんなことがありながらも無事に宿に戻り、オーナーに棺桶が落ちていたことを伝えると、オーナーは突然ケラケラと笑いだしてこう言った。

「あぁ、あそこは墓場だよ」

海岸のすぐ先には丘があり、その丘の上は墓場だったのだ。

昨夜の大雨で墓場は崖崩れを起こし、棺桶の一つが海岸まで流れてきてしまっていたのだ。

ここからは高垣さんの想像になるのだが、棺桶の中の骨は崖崩れの衝撃で飛び出してしまい、海に流されてしまった。そして、たまたま高垣さんが骨の上を通ったので、海に流された骸骨は道連れにしようと思い、高垣さんのことを引っ張ったのではないか。そんなふうに彼は話してくれた。

ミンドロ島の海岸　(フィリピン)

フィリピンの墓地にある棺桶(著者撮影)

タクシードライバー（フィリピン）

前の話の高垣さんの奥さんであるフィリピン人女性ジュビーさんが、かつて営業の仕事をしていた時の話だ。

ある時、上司達と三人でノニジュースの営業をしにパナイ島のイロイロ市まで飛ぶことになった。

イロイロ市周辺は黒魔術の風習が色濃く残ると云われており、クリーチャーと呼ばれる日本でいう妖怪に近い存在に関する話も多い地域だ。

その日、ジュビーさん達が数件の取引先を回り終わる頃には辺りはすっかり暗くなっており、大きな古木が連なる通りには不気味な雰囲気が漂っていた。そこからホテルまでは歩いて三十分ほどの距離だったので、三人でタクシーに乗って帰ることになった。

数分、通りで待っていると流しのタクシーが捕まったため、ジュビーさんは助手席に乗り込み、社長と同僚が後部座席へと乗り込んだ。タクシーは薄暗い通りをゆっくりと走り始め、営業の疲れがあった三人はすぐにうつらうつらとしてしまった。

ジュビーさんがはっと目を覚ました時、まだタクシーは走り続けていた。

ふと腕時計に目をやると、はっきりと出発時間は覚えていないのだが、明らかに十五分以上経過している。嫌な予感がして外の景色に目をやると、出発時と同じような薄暗く不気味な通りを延々と走り続けていた。

鼓動が速まるのを感じつつ、後部座席の二人の様子を見ようとバックミラーを見ると、二人は口をあんぐりと開けて爆睡していた。タクシーはなおも同じような道を走り続けており、一向にホテルに到着する様子はない。

視線を横に向けると、運転手は一言も発せずにハンドルを掴んでおり、目には生気がない。そして、おかしなことに気付いた。

白い無地の半袖シャツを着ている運転手の袖から出た腕は獣を思わせるほど毛むくじゃらになっており、明らかに人間の物ではなかった。

後部座席の二人を起こそうにも、変な動作をしたとたんに運転手から襲われるかもしれないという恐怖を感じたジュビーさんは、首からぶら下げていたロザリオを握りしめて必死に祈った。

どれくらいの時間が経過したかは分からないが、急に車はスピードを緩め、やがて停車した。

運転手がぶっきらぼうに「着きました」と呟くと、後部座席の二人は気持ちよさそうに欠伸をしながら目を覚ました。運転手の腕に目をやると、目立つほど毛も生えていない腕で、顔も普通の三十代半ばの男性だった。

社長は後部座席から支払いを済ますと、三人は荷物を持ってホテルへと入った。ホテルの受付をしている時に到着までにえらく時間がかかったことに気付いた二人は「おかしいおかしい」と首をひねっていたが、ジュビーさんはタクシーの中で起きたことは恐ろしくて話す気になれなかった。


ジュビーさん曰く、その時ジュビーさんがロザリオを持っていて祈ったおかげで助かった。もしも三人ともロザリオを持っていなかったら、もうホテルに着くことはなかったかもしれないと語ってくれた。

恨み（フィリピン）

とある怪談イベントの参加者であるSさんから聞いた話で、十年ほど前、Sさんが不動産会社の広報をしていた時のことだ。

当時Sさんは一年半ほど会社の上司と交際を続けており、Sさんの部屋で半同棲のような状態だった。

土日はもちろん、年末年始やゴールデンウイーク、クリスマスなどの連休はほとんどの時間を二人で過ごしていた。

ただ、彼氏には認知症の母親がおり、週末は妹に母の面倒を見てもらっているが、平日の間は数日間自分が面倒を見ないといけないということで実家に帰っていた。

そんなある日、会社の事務所に着信があり、Sさんが対応した。

「もしもし、〇〇（Sさんの彼氏）の妻ですけど。Sさんはいますか？」

「え？　私がSですけど……」

「そうですか」

そう言って電話が切れた。

（妻ってどういうこと？）

Sさんの頭の中は真っ白になった。

この一年半ずっと一緒に過ごしてきたし、彼氏に家庭があるなんて考えたこともなかった。

どうしていいのか分からなかったが、とりあえずメモ用紙に「○○さん（彼氏）に奥様から電話」と書き、下には固定電話に残っていた電話番号を書いて机に置いておいた。

そして、念のために自分の携帯電話でそのメモ用紙の写真を撮っておいた。

その夜、彼氏から「話がある」と電話があり、会って謝罪され、真実を話された。

Sさんは彼氏とはすぐに別れたのだが、会社を辞めることはなかった。

会社内ではなるべく元彼とは関わらないようにし、目を合わせることもなかった。

しかし、あの電話があってからというもの、Sさんは体の右側に怪我をすることが多くなった。

最初は右足の小指をぶつけるという小さなことから始まり、料理をしている最中に右手で包丁を持っていると、手を滑らせた際に持っていた右手をケガするなど、異常なまでに怪我は体の右半身に集中していた。

さらに、なぜか分からないが右目が日に日に見えにくくなり、右目の視界が少しぼやけてくるようになった。それだけではなく、ぼやけた右目の視界の端に時折女性が映るようになった。その女性はボブヘアーで、ふとした瞬間に目の端に映るのだが、そちらを向いて左目で見ても女性の姿を見ることはできない。

心配になったSさんが病院に行ったところ、右目にバクテリアが侵入しているので手術の必要があるということだった。

その後すぐに入院したのだが、手術が終わり退院するまでに一ヶ月ほどの期間がかかった。そして、バクテリアの進行は食い止めたものの、失われた視力が戻ることはないと言われ、結局右目の視力のほとんどを失うことになってしまった。

さらに、退院後もほとんど見えない右目の端にボブヘアーの女性の輪郭を見ることが続いた。

前々から思ってはいたのだが、きっとこれは元彼の奥さんに違いない。そう思ったSさんは以前奥さんから電話があった時にメモの写真を撮っていたことを思い出し、勇気を出して電話し、喫茶店で会う約束を取り付けた。

当日、Sさんは喫茶店に予定時間より少し早めについた。

席についてしばらく経つと、入り口のドアが開いてボブヘアーの女性が現れた。

(奥さんだ!)

Sさんは奥さんの顔は一度も見たことがないが、一瞬で分かった。

奥さんは酷くやつれており、げっそりと顔は痩せているが眼だけはギョロリと見開いてSさんのことを激しく睨みつけている。

向かいの席に着いた奥さんに向かってSさんは、付き合うことになったのは彼からのアプローチがあったからということ、自分は一切奥さんの存在のことは知らずに騙されていたこと、奥さんの存在を知って心から謝罪したいと考えている旨を伝えた。

しかし、相手はどこか上の空で「そうですか」とボソリと呟くのみ。

なんだか気味の悪さを感じたのだが、Sさんは一番気になっていたことを奥さんに話してみることにした。

「あのー、ちょっと言い辛いことなんですけど、私目の端にチラチラと奥さんのような女性が見えることがあるんですけど、何か心当たりありませんか？」

するとと、奥さんは初めてニヤリと笑ってこう言った。

「あぁ、あれ効いてたんだぁ」

「どういうことですか？」

奥さんの話はこうだった。

旦那さんの浮気に気づいた奥さんは、携帯電話の盗み見などから浮気相手は会社の後輩であるSさんだと特定。

会社のホームページを調べてみると、広報であるSさんの写真が複数載っていたので、それを数枚プリントアウトして大量の画鋲とともに箱に入れ、裏庭に埋めてから毎日踏みつけていたのだという。

楽しそうにその話をしている奥さんに狂気を感じたSさんは、改めて謝罪の言葉を述べてすぐにその場を後にした。

そして、このまま元彼と同じ環境にいると彼女は私を許さないだろうと思い、すぐに会社も辞めてしまった。

それからというもの、視力こそよくなることはなかったものの、右半身の怪我や右目の端に写る女の姿はなくなった。

それから一年ほど経った頃、転職先の会社にも慣れ安定した生活を送っていたSさんは、仲の良い友人とフィリピンへダイビングツアーに行くことになった。

日本からフィリピンの観光地であるセブ島へと飛行機で向かい、そこからフェリーでセブ島の真下に位置するボホール島へと向かった。

旅行はツアーガイド付きのパックを選んでおり、移動の際は常に、少し日本語の話せるフィリピン人ガイドが様々な場所に連れて行ってくれることになっていた。

一日目のダイビングが終わって宿に帰る途中、フィリピン人ガイドがSさんに話しかけてきた。

「あなた、目は見えてますか？」

突然、言ってもいない片目がほとんど見えないことを言い当てられて驚いていると、ガイドは続けた。

「右目の周りに黒いものが見える。僕はそれを取ることはできないけど、僕の親戚のおばあちゃんなら取ることができるかもしれないから行ってみよう」

そう言われたので、ガイドが走るままに身を任せていると、ストリートフードの屋台が立ち並ぶ一角に車は入っていき、その中の一件のバロット売りの老婆の前で止まった。

バロットとは孵化直前のアヒルの卵を使って作ったゆで卵で、少しグロテスクな見た目をしているがフィリピンでは人気のストリートフードだ。

「さぁ、降りて」

このガイドがこういった症状の客を連れてくることはよくあるのだろう。老婆は降りたSさんの顔をまじまじと見たかと思うと、突然何も言わずにバロットにかけるための塩をむんずと掴むとSさんの顔に向かって振りかけてきた。

「ちょっ！　何すんの！」

驚いたSさんに向かって老婆はビサヤ語で何か叫んでいる。

そして、それをガイドが通訳してくれた。

「男には気をつけろだって。まだ悪いものが残ってたから右目に塩をまいたけど、もう残っていたのは無くなったって」

目の見えないことや、男性関係でトラブルがあったこと。何一つ言っていないことをズバズババと言い当てられて驚いているSさんに向かってガイドは言った。

「せっかくだから、バロット食べていきなよ」

老婆から手渡されたバロットはアツアツで、殻を割ると中からは半分くらいはヒヨコの形をした物が姿を現した。

Sさんは勇気を出して、先ほど老婆が振りかけてきたのと同じ塩を少しバロットに振りかけて食べた。

それは何とも言えない味だったそうだ。

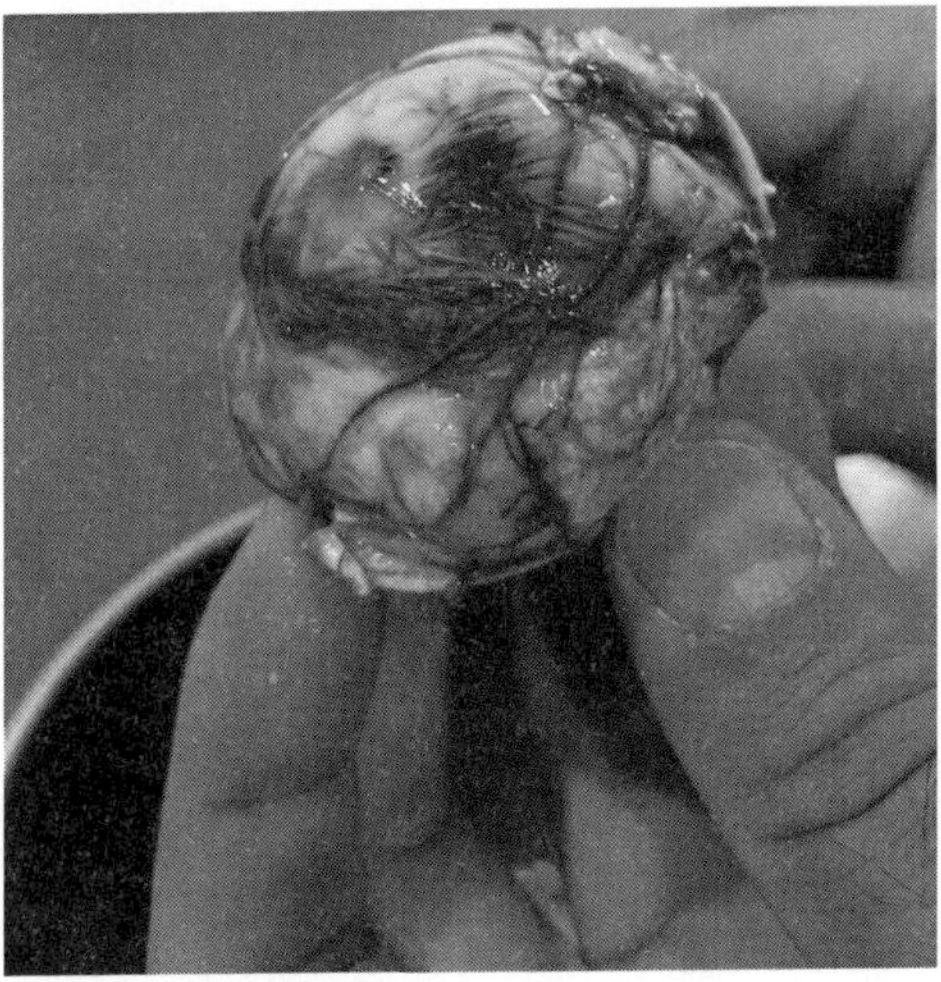

バロット（著者撮影）

ドゥエンデ（フィリピン）

マークさんという男性が幼少期に住んでいた家の裏には小さな川があった。

マークさんの両親は共働きだったため、朝から働きに出かける。そして、小学生のお兄さんは学校へ行き、当時五歳だったマークさんは朝一でやってくる叔母と従妹といつも一緒に過ごしていた。

叔母はよく従妹と一緒に家の裏にある小さな川まで連れて行ってくれ、その川で遊ぶのが当時のマークさんの日課になっていた。


そんなある日、深夜にマークさんの両親は家の中の物音に気付いて目を覚ました。時計を見ると午前三時で、まだ外は真っ暗だ。

何事かと思い耳を澄ましてみると、小さな足音が玄関のほうに向かっていくのが聞こえる。

（子供だ！）

両親が急いで寝室を飛び出し玄関まで行ってみると、マークさんが裸足のまま家の裏に向かって歩いて行っているのが見えた。

両親は急いでマークさんの元まで走って抱きしめ、「どうしたの⁉」と聞いてみると、マークさんは「友達と遊びに行くんだ」と言ってニコニコと笑っている。

両親は溜息をつき、寝ぼけている我が子を抱えて家の中へと戻っていった。マークさんはベッドに寝かされると、すぐに眠りについた。

しかし、それは一日では終わらなかった。

翌日、その日も両親は深夜に物音で目が覚めた。時計を見るとまたしても午前三時だ。

（またあの子だ！）

両親は急いで部屋から飛び出すと、何やら話し声が聞こえる家の裏まで走った。

そこには昨日と同じ裸足のマークさんが一人で家の裏の壁に向かって突っ立っているのだが、何やらぶつぶつと壁に向かって話している。

「マーク！　あなた何しているの？」

「友達が来たから話していたんだ。とっても可愛いんだよ」

「あなた壁に向かって話しかけているだけじゃない!?」

「お母さんには見えないの？　ここに僕と同じくらい大きさの人達がいるじゃない。黄色と赤と緑の服を着ていて耳が長いよ」

両親には何も見えていないが、マークさんにはどうやら小さな人達というのが見えているようだ。そして、それらはカラフルな衣装を身にまとっていて、耳が長くとがっているという。

「マーク、それは人間じゃないのよ。いいから来なさい」

両親は恐ろしくなり、マークさんを抱き上げると無理やり家の中に連れて帰った。

このままではいずれマークさんが何処かへ連れて行かれてしまうかもしれないと考えた両親は、朝一で仕事を休んでアルブラリオの元へ行って助けを求めた。

話を聞いたアルブラリオは、フィリピンに古くから伝わる小人の姿をした妖怪「ドゥエンデ」の仕業だと判断し、生きた鶏を連れてマークさんの家を訪れた。

アルブラリオは普段のマークさんの行動パターンを確認し、家の周りから普段マークさんが遊んでいる小さな川まで見て回った。すると、家の裏から小さな川までの間に大きな蟻塚があるのを見つけた。

「ここだ。この蟻塚がドゥエンデの家だ」

アルブラリオはそう言うと、連れて来ていた生きた鶏の首を切り落とし、そこから滴る血を蟻塚に注いだ。そして、血が滴り終わると鶏に火を点け、燃えていく鶏を蟻塚の上に供えると祈祷を始めた。

そして十分ほど経ち、呪文を唱え終わったアルブラリオは言った。

「ドゥエンデ達は悪いことをしに来たんじゃない。多分、遊びたかっただけだよ。でも、稀にドゥエンデには凶悪な奴がいて、そういうやつは子供を連れ去ることもある。まあもう大丈夫だから、今回は大事にならなくてよかったよ」

そうして祈祷は無事に終わり、その日は夜にマークさんが起きてくることはなかった。

翌朝、普段通りに起きてきたマークさんに両親は尋ねてみた。

「もう小さな人達は誘いに来なかったの？」

「何のこと？」

祈禱後、マークさんのドゥエンデと遊んでいた記憶はすっかり抜け落ちてしまっていたという。

ホテルT　（フィリピン）

フィリピンのとある宿で出会った斉藤さんという方から聞いた話だ。

斉藤さんは長期連休になると日本からフィリピンへと渡り、ミンドロ島のプエルドガレラというリゾート地でダイビングをするのが楽しみだった。その時によく利用していたのがホテルTという海沿いにあるホテルで、部屋からの見晴らしもよく、ホテル内のレストランにはピアノ演奏のサービスもあり、とても気に入っていた。

ある年の冬季休暇でのことだ。

いつものように航空券とホテルを予約して斉藤さんは奥さんと一緒にフィリピンへと向かった。

空港に降り立つとムワッとした熱気が迎え入れてくれ、フィリピンに来たことを実感する。そこからバスとフェリーを乗り継いで数時間かけてプエルドガレラに向かう。

宿にチェックインした時にはすでに昼を過ぎており、ダイビングは二日目からなのでそのまま部屋で寛いで夕食を待った。

夕食の時間になるとベッドから起き上がり、ホテル内のレストランに奥さんと二人で向かった。

席について料理を注文し、奥さんと談笑していると斉藤さんはあることに気付いた。

自分達の座っているテーブルの斜め前には大きなピアノが設置されており、そこから心地よい演奏が聞こえてくるのだが、ピアノの上空に何かがある。

よく目を凝らしてみると、それは白っぽいドレスのような物を着た半透明の女性に見えた。ゾッとしながらもしばらくその様子を眺めていると、斎藤さんの様子がおかしいことに気付いた奥さんが話しかけてきた。

「ねぇ大丈夫？　なんかボーっとしているけど」

「あぁ悪い、ここまで来るのに疲れちゃったかな」

斉藤さんは奥さんを不安にさせないよう適当に返事をし、もう一度ピアノの上に目をやるとそこにはもう女性の姿は無かった。

今までに何度も宿泊してきたこのホテルでこんなことが起こるのは初めてだった。気味が悪いとは思いながらも、奥さんには気づかれないように平常心を保ちながら食事を済ませ、二人で部屋に戻ると先ほどの出来事を忘れようと斉藤さんはレッドホースというアルコール度数の高いビールを一気に飲み干し、早々とベッドに横になった。

それから数時間経って、斉藤さんは誰かの話し声で目が覚めた。

目を開けると仰向けに寝ている自分の正面に白っぽいドレスを着た女性が浮かんでおり、何かボソボソと呟いている。あまりの恐怖に斉藤さんはそのまま意識を失ってしまい、翌朝目が覚めると、隣で寝ていた奥さんはすでに起きていて、ダイビングに行く準備をしていた。

昨夜の出来事は何だったんだろうと考えながら斎藤さんもダイビングの準備をして、ホテル前まで迎えに来ていた送迎車へと乗り込んだ。

ダイビングショップに着くと馴染みのオーナーやスタッフが出迎えてくれ、一気に気分は高揚して昨夜の出来事は頭から離れ、ダイビングを楽しむことができた。だが、昼食中に急にホテルに戻るのが不安になった斉藤さんは、何気なくダイビングショップのオーナーに尋ねてみた。

「俺さ、今回もホテルTに泊まったんだけど、あそこってなんかあったの？」

それを聞いてオーナーは「ホテルで何かあったのか？」と驚きながら、ある事件の話をしてくれた。


斉藤さんが来る数ヶ月前に起こったことだ。

このホテルにある時韓国人カップルが宿泊した。しかし、チェックアウトする時はなぜか男性一人で、従業員が部屋を確認してみると大きなスーツケースが残されていた。持ち主である男性とは連絡が取れなくなっており、嫌な予感がした従業員は警察に通報し、スーツケースを開けてみると中には韓国人女性の遺体が入っていた。

田舎で起こった事件なので、その話はすぐに一帯に広まったとともに、どこからともなくあそこには幽霊が出るという話も出始めた。


この話を聞いて斉藤さんはハッと思い出したことがあった。

レストランのピアノの上にいて、夜は首を絞めてきたあの女が来ていたのは白いドレスのような物だった。それは何度か韓国ドラマで見たことがあるもので、すぐに携帯で調べるとやはりそれは「チマチョゴリ」だった。さらに、女性が呟いていた言葉も、日本語でもタガログ語でもなかった。後になって考えると、あれば韓国語だったのだろう。しかしながら、殺される際に来ていたのがチマチョゴリだったとは考えにくいし、なぜ彼女がそれを着てホテルを彷徨っているのかは斉藤さんにも分からなかった。

ダイビングが終わってホテルに戻ると、斉藤さんは奥さんにも昨夜の出来事と事件について全て話し、すぐにホテルを変更した。

その後、ホテルTは幽霊が出るという噂が広まり過ぎたことにより、ホテル名を変更して現在もプエルドガレラで営業を続けている。

この話を聞かせていただいた際に、気になる箇所があった。

斎藤さんも仰っていたのだが、「なぜ彼女がチマチョゴリを着ていたのか」ということに関してである。調べてみたところ、どうもチマチョゴリではなかったのではないかという結論に行きついた。

韓国には亡くなった方に着せる死装束である「寿衣《スイ》」というものがあり、パッと見は白いチマチョゴリのようにも見える。日本でも幽霊は死装束である白い着物を身に纏って現れる話が多いように、海外でも同じように幽霊はその国の死装束で現れることが多い。

インドネシアで最も有名な幽霊であるポチョンも、ムスリムの埋葬方法である遺体を顔だけ出して白い布で包み、数カ所をロープで縛った状態で現れる幽霊だ。

このように、どのような理由かは知る由もないが、世界各国で幽霊はその国の宗教観に乗っ取った死装束で現れる事例が頻発しているので、今回の話も韓国人女性の幽霊は死装束である寿衣を身に纏って現れていた可能性が高いのではないかと筆者は考えている。

マンククーラムの呪い　（フィリピン）

キムさんというフィリピン人女性には、同じ歳の従姉妹であるエラさんという女性がいた。幼い頃は同じ小学校に通っていたのだが、キムさんが都市部に移り住んだことを境に疎遠になり、顔を合わすのも数年に一度という状態になっていた。

そんなキムさんとエラさんが二十五歳の時、エラさんの体に異変が出始めた。

最初は顔にイボができたのだが、それはどんどん大きくなっていき、次第に顔だけに留まらずにイボは体中に広がっていってしまった。

エラさんは病院に行ったものの、それは珍しい症状のためにフィリピンの田舎の病院での治療は難しいということだった。

金銭的な問題もあり、都会の大きな病院に見せることが難しかった両親はアルブラリオに助けを求めることになった。

アルブラルオはとある田舎町の古い一軒家に住んでおり、エラさん家族が訪れると笑顔で中に招き入れた。

通された祈祷部屋にはマリア像をご神体とした簡単な祭壇があり、その祭壇の前でアルブラリオはこれまでの経緯を尋ねた。

そこで、エラさんは実は気になっていたことがあると打ち明けた。

今付き合っている彼氏とは、まだ彼が前の彼女と付き合っている時に知り合い、ほぼ略奪するような形で付き合うようになったこと。彼氏の元彼女が以前から魔術に興味があったこと。そして、今の彼氏と付き合いはじめてから体に異変が起き始めたので、元カノが自分に黒魔術を使っているのではないかと話した。

「魔術なんて見よう見まねでやったところで、そう効力のあるものじゃないよ。ただ、その彼女から悪い念が飛んできている可能性もあるから、祈祷をしましょう」

そう言ってアルブラリオは祈祷を始めたのだが、祈祷が始まるとエラさんは目の焦点が定まらなくなり、ふらつき出した。両親が左右からエラさんの体を支えた状態でアルブラリオは祈祷を続けたのだが、十分ほど経ったところでエラさんは突然顔を下に向けるとコンクリートの床に向かって激しく嘔吐した。

これにはアルブラリオも驚いて祈祷をいったん中止したのだが、床に散らばっている嘔吐物を見るなり顔が真っ青になり急に叫び出した。

「なんてもの連れてきてくれたんだ！　これはマンククーラムの呪いじゃないか！　こんなもの手に負えない！　早く出ていけ！」

マンククーラムとは黒魔術師のことで、マンククーラムに依頼をすれば、恨みのある人物を虫を使って呪い殺すことが出来ると信じられている。

これは一般に限った話ではなく、豪族や政治家にもお抱えのマンククーラムがいて、敵対関係になった際は互いに雇ったマンククーラム同士で呪術合戦が行われているという噂も実しやかに囁かれている。

両親はアルブラリオの態度の豹変に驚きと怒りを隠せなかったが、エラさんの嘔吐物を見て目を疑ってしまった。黄土色の吐瀉物の中に無数の黒い粒が混じっているのだが、それはよく見ると大きな蟻だった。それを見てアルブラリオはマンククーラムの仕業だと判断し、自分の手には負えないと怖気づいてしまったのだ。

エラさん一家はアルブラリオに家から追い出され、途方に暮れながら帰宅することとなったのだが、自宅に帰った瞬間、エラさんは突然手足をジタバタと振り回しながら暴れ出した。

一緒にいた母親は何が起こったのか分からずに、家にいた家族達に助けを求めて数人で取り押さえたのだが、エラさんの興奮は冷めやらず、訳の分からない言葉を喚き散らしている。

家族は先ほどのアルブラリオの家での件でパニックを起こしてしまったかと思ったのだが、彼女の喚いている言葉には聞き覚えがあった。それはラテン語だったのだ。

現在、このラテン語はシャーマンやアルブラリオによる祈祷などの際に用いられることはあるが、一般的に使用されることはない。もちろん彼女はラテン語なんか話したことはなく、これは明らかに精神の不調どころの事態ではない。

エラさんの母親は、マンククーラムの呪いによって娘に悪魔が憑りついたのではないかと考え、すぐに近くの教会に司祭を呼びに行った。

娘の異常な様子を見た司祭は、すぐに聖水と十字架を用いたエクソシズム（悪魔祓い）を行った。

司祭に対しても暴言を吐いていたエラさんだったのだが、しばらくすると落ち着きを取り戻し我に返った。

それから数日後、キムさんはエラさんの元を見舞いに訪れ、それまでに起こった一部始終を聞かされたのだが、すでにエラさんは憔悴しきっており、痩せ細った体で「痛い痛い」と繰り返すのが精いっぱいの状態だった。

キムさんがエラさんの元を訪れたその一週間後、エラさんは二十五歳の若さでこの世を去った。

アルブラリオの祈祷や、司祭のエクソシズムをもってしてもマンククーラムの呪いに打ち勝つことはできなかったのだ。

ダライラマのミサンガ（フィリピン）

Ｋさんというフィリピンで日本人向けの宿を営んでいる女性がいる。

元々はダイビングが好きでフィリピンに移住し、最初はダイビングインストラクターとして日本人の客をフィリピンで世話していた。しかし、フィリピンの宿のサービスの悪さに幾度となく客からクレームが入るうちに、それならば自分で日本人にも満足できるクオリティの宿を作ろうということで、フィリピン人の旦那さんと共に日本人向けの宿を作ることに決めた。

異国の地での宿開業は様々な困難の連続だったが、それでも諦めずに経営を続けるうちに多くの常連客が付いてくれるようになった。

そんなある時、日本の映像制作会社からの依頼で心霊ＤＶＤの現地コンサルタントを務めることになった。

撮影スタッフはKさんが経営している宿の一番大きな部屋に全員で泊まり、夜になるとKさんが通訳、宿のスタッフのフィリピン人男性がドライバーとなり、心霊スポットの撮影へと向かった。

数ヶ所の心霊スポットを回り、最後に訪れたのは現役の小学校だった。

そこでは様々な心霊現象が起こったのだが、その内容については現在も日本で発売されているDVDに収録されているのでここでは触れないでおく。

そして、無事に撮影が終わって制作会社のスタッフが帰ってからが大変だった。

スタッフの泊まった大部屋では、時折客からのクレームが来るようになった。

水道管が抜けて水が噴き出している。テレビが壊れた。暖房が全開になって部屋がサウナのようになり、リモコンが利かずに止めることができない等、今まで起きたことのなかったトラブルが続けざまに発生した。

また、客が入った後の清掃に入ったスタッフが誰もいないはずの部屋の中を歩き回る音を聞いたなど、スタッフ達も大部屋の異変を感じだした。

それだけでも困っていたのだが、小学校を実際に訪れたKさんの身にはさらに恐ろしいことが起こっていた。

Kさんは宿の近くに居を構えており、客が寝る頃に自分も家へと帰っていた。

しかし、小学校に行ってからというもの、寝室の窓から嫌な気配を感じるようになり眠れなくなった。なんとか誤魔化そうと、スマートフォンでゲームをしたり本を読んだりしているとどんどん睡眠時間は削られていき、疲れているのに眠れない日々が続いた。

そして、次第に精神状態も悪くなり、宿増設の借金の不安なども重なってほとんど鬱のようになってしまった。

ある夜、いつものように窓から嫌な気配を感じながらも本を読んでいると寝落ちしてしまい、ふと目が覚めるとまだ部屋の中は真っ暗だった。

半分寝ぼけた状態で何気なく窓の方を見ると、いつもは閉めているカーテンが全開になっており、そこに小学生くらいの男児の大きな顔があった。その顔は一メートルほどの大きさで、顔だけで窓が埋め尽くされている。それを見たKさんは、あまりの衝撃で気を失ってしまった。

翌朝、目が覚めて昨夜のことを思い出したKさんは窓の方を確認したのだが、やはりカーテンは開いたままになっていたという。

そんな大変なことが続いていた時期、日本にいる仲の良い友人女性から連絡があった。久しぶりの会話は弾み、そのうちKさんは現在精神状態が良くなく、宿や自宅でおかしなことが起きていて悩んでいるということを打ち明けた。すると、友人は近い時期にダライラマが日本に来るので、一緒に法話を聞きにいかないかと誘ってくれた。

Kさんは信仰深いほうではないのだが、藁にもすがる思いで二つ返事で帰国を決めた。

久しぶりに日本へ帰ってきたKさんは無事に友人と合流し、ダライラマの法話会の会場に向かったのだが、大きな会場には数千人の拝聴者が訪れており、法話会の規模の大きさに圧倒されてしまった。

無事に法話会も終わり、その後は誘ってくれた友人と食事をする予定になっていたのだが、そこに友人は驚くべきものを持ってきた。

友人からレストランでKさんに手渡されたのはダライラマの古い袈裟を使って作られたというミサンガだった。普通は手に入れることは難しいらしいのだが、いろいろとよくない状況が続いているKさんのために友人が入手してきてくれたのだという。

Kさんはすぐにそれを手首にはめ、残りの日本での休日を有意義に過ごした。

そして、フィリピンへの帰国日。

空港に到着したKさんがチェックインカウンターへと向かっていると、知らない婦人に突然話しかけられた。

「ちょっといきなりごめんなさいね。変なこと言うかもしれないけど、あなたがあまりにも光って見えるから何を持ってるんだろうと思って話しかけてみたの。多分、あなたはすごい力の強いものを持っているみたいだから、それは大事にしてくださいね」

婦人は一方的にそう言うと去っていった。

Kさんはすぐに婦人の言う力の強いものがダライラマの袈裟を使って作ったミサンガであると確信し、それだけ力が強いならきっと私を守ってくれる。もう大丈夫だと安堵した。

それからというもの、フィリピンに帰ってから宿でおかしなことは起こらなくなり、Kさんの寝室の窓に厭な気配が現れることはなくなった。

Kさんの経営する日本人宿はコロナ禍を乗り越え、今もフィリピンの穏やかな海の近くの土地で営業を続けている。

お別れ（フィリピン）

Kさんが経営している宿の客の多くは、何年も通ってくれている常連客だ。日本に比べて行き渡ったサービスというのが少ないフィリピンにおいて、日本と同じレベルのサービスを受けることができる宿というのはとても貴重で、一度来た客はまた何度も足を運んでくれることになる。

Iさんという男性も常連客の一人で、フィリピンに住んでいるわけではないのだが、日本からフィリピン旅行に来た際には毎回Kさんの宿を利用してくれていた。

Iさんとは宿ができた当初からの付き合いで、宿に来た際にはまるで実家に帰ってきたかのように寛いで過ごしてくれていた。

そんなIさんは元々心臓が弱く、五十歳を過ぎた頃から時折発作を起こすことがあった。

最初はそこまで重い症状ではなく、体の調子のよい時にフィリピンの宿に泊まりに来てくれていたが、次第に症状は悪化していき海外まで行くのは難しい状態になってきた。

そんなある日、KさんにIさんから連絡が入った。

先日発作で倒れて現在入院しているのだという。幸いにも意識が戻って連絡をすることができるが、もしかしたらもうフィリピンに行くことは難しいかもしれない。でも、また調子が良くなればフィリピンに行きたいし、Kさんの宿に泊まりたい。

Iさんの家族は病状を心配してフィリピンに行くことに反対しているようだが、Iさんはフィリピン行きを諦めていないようだった。

そして、入院から数ヶ月後、Iさんから宿に予約が入った。体の調子が大分良くなったので、行けるうちにフィリピンに行くからということだ。

数ヶ月ぶりに日本からやってきたIさんはやつれてはいたが、久しぶりのフィリピンを、そして、久しぶりのKさんとの再会をとても喜んでくれた。

「俺さ、この前意識がなくなって病院に運ばれた時、夢を見ていたんだよ。夢の中で、俺より先に死んだ両親とか親戚が会いに来てね。多分もう長くないとは思うんだけど、あと一回くらいはまたフィリピンに来たいな」

「何言っているんですか。今も元気にこうやってフィリピンに来ているじゃないですか。また何度でも来られますよ」

励ますKさんに向かってIさんは寂しく微笑んだ。

Iさんが帰国してから数ヶ月が経ち、また発作が起きて入院したのだが、なんとか意識が戻ったと本人から連絡があった。さすがにもう旅行は無理だろうと家族も話していると言うし、Kさんもそう思った。

Iさん自身ももう厳しいだろうと自分でも話しているのだが、それでも最後に一回だけでいいから思い出の詰まったフィリピンに行きたいという。

Kさんはもし Iさんが来た時に何かあってもこちらでは責任はとれないし、宿があるのは田舎なので適切な医療を受けることができないと伝えた。

しかし、Iさんは最後に一回でいいからフィリピンに行くと言ってきかない。

それから数週間後、Iさんから宿を予約したいと連絡があった。Kさんは改めて宿周辺では適切な医療が受けられないことを説明したが、Iさんから最後のお願いだと頼み込まれて予約を受けた。

そして、Ｉさんの予約が入っている二日前の夜、Ｋさんは夢を見た。

夢の中でＩさんが話しかけてくる。

「Ｋさんごめん、俺、最後に行くことできなかったよ」

それだけ聞いたところで目が覚めた。

起きたＫさんはボロボロと涙を流していた。


朝になると、Ｉさんの奥さんから連絡があった。

昨夜にＩさんは亡くなったという。今まで本当にお世話になりましたと感謝の言葉を述べられた。

（あぁ、Ｉさん行っちゃったんだ……）

どこか心の中に風が吹き抜けていくような感覚を覚えた。

夜になり、宿の常連客達とエントランスで酒を飲みながら食事をしていると、Ｉさんの話になった。その時泊まっていた常連客はＩさんと何度か顔を合わせており、今Ｋさん達がいるエントランスで一緒に食事をしたこともあった。

そんな中、突然どこからか見たことのないような大きな蝶が飛んできた。

大きな蝶はKさんと常連客達の周りをゆっくりヒラリヒラリと飛び回っている。

「Iさんが挨拶に来たのかな」

常連客の一人がポツリと呟いた。

海のほうから暖かい風が吹いてきて、その風に乗って蝶は飛び去っていった。

兄の声（カンボジア）

二〇一八年のこと。

筆者が初めてカンボジアに行くことになった際、真っ先に訪れることに決めたのはカンボジア北西部にあるシェムリアップだった。

シェムリアップはアンコールワット遺跡群を有する世界遺産地域で、タイのバンコクから長距離バスに乗り、十時間ほどかけての到着となった。

二日目から早速アンコールワットの観光が始まることになり、朝一番でトゥクトゥクというバイクで荷台を引っ張る形の乗り物が迎えに来てくれ、そこにガイドとして乗っていたのがアヤさんだった。彼女は本当はクメール語の名前があるのだが、日本人には発音が難しいということで、日本人でも呼びやすいアヤと名乗っているのだという。

赤土が広がる道をトゥクトゥクが進んでいく中で、まだ二十歳そこそこに見える彼女は、

ＹｏｕＴｕｂｅでアニメを見て学んだという流暢な日本語で町の解説をしてくれている。そこで、実は私はゴーストハンターなんですと自己紹介し、何か幽霊の話はないかと聞いたところ、こんな話を聞かせてくれた。

アヤさんには兄がおり、結婚して二人の子供に恵まれていた。決して裕福とは言えない暮らしだったのだが、真面目な兄は一生懸命に働いて家族を養い、幸せな生活を送っていた。

しかし、ある時兄は不慮の交通事故で亡くなってしまった。家族は悲しみに暮れたが、そのまま何もしなければ生活していくことはできない。カンボジアの農村では月給が日本円にして二万円ほどで、生活はとても苦しい。兄の奥さんは子供達を自分の両親に預け、朝から晩までひたすらに働いた。そしてアヤさんも仕事のない日は子供達の面倒をよく見ていた。

そんなある日、アヤさんはガイドの仕事が休みだったので、一歳と三歳になる甥っ子達の面倒を見ていた。すると、子供達が窓の外に向かって「父さん、父さん」と呼んでいるのが見える。

「どうしたの？」

アヤさんが尋ねると、子供達は窓のほうを指さして、「父さんがいた」と言う。

寂しくてそんな妄想をしているのかと思うと、アヤさんの背後から声が聞こえた。

「この子達を頼むね」

「え⁉」

驚いたアヤさんが振り返っても、そこには誰もいなかった。

しかし、それは確かに兄の優しい声だった。


兄の奥さんが仕事を終えて帰ってきた時、アヤさんが昼間に兄の声を聞いたことを話すと奥さんは泣き出した。

「実は私も、あの人が亡くなってから何度か声を聞いたことあるの。もしかしたら聞き間違いかもしれないと思っていたけど、あの人はまだ私達のことを見守ってくれているのね」

そう言われ、アヤさんも涙が止まらなくなった。

アヤさんは、こんな話をトゥクトゥクの上で筆者に聞かせてくれたのだが、もう一つ、アヤさんから聞いた話で興味深いものがあった。

日本で最も一般的な幽霊と言えば、白い服を着て髪の長い女の幽霊だろう。

実はこれは日本に限った話ではなく、筆者が取材を行った東南アジアの国々でも、一番目撃情報の多い幽霊は髪の長い、白い服を着た女の幽霊であるということが分かった。フィリピンではこの女の幽霊にホワイトレディという名前が付けられており、フィリピンで最も有名な幽霊として知られているほどだ。

そして、カンボジアの場合はこの白い服を着た髪の長い女の幽霊に、独自の現象が付け加えられていた。

カンボジアで白い服を着た髪の長い女の幽霊に遭遇すると、通常の人間は恐怖で逃げ出す。

必死で逃げながらもう一度振り返ると、もうそこには誰もいなくなっている。

見間違いだったのかと思い、白い服を着た女が立っていた場所に行ってみると、そこには一ドル札が落ちていると言われているそうだ。

カンボジアではリエルという独自通貨があるのだが、米ドルも流通しており、リエルとともに使用することができる。なので、日本で言うなら幽霊が立っていた場所には百円玉が落ちているというようなことになる。

「どうして一ドル札が落ちているんですか？」

そうアヤさんに聞いてみても、「カンボジアでは有名な話です」という返事で、詳しいことは分からなかった。

実際に筆者が乗ったトゥクトゥク（著者撮影）

ケップ州のホテル（カンボジア）

私の海外の怪談蒐集は、基本的に現地を訪れて聞き込みをしたり、タクシー運転手や友人知人に話を聞いたりする場合がほとんどだ。ただ、それだけだとどうしても十分に話を集めることは難しいので、外国人とのチャットアプリを使い、そこで知り合った人達に片っ端から「私は日本人のゴーストハンターです。あなたは霊的な怖い体験をしたことがありますか?」と聞いて回るという方法も使っている。

この場合は、そこで返事が返ってこなくなるか、「ない」と返されて気まずい雰囲気になることがほとんどなのだが、稀にそこから怪談話を聞かせてもらえることがある。

これは、そのほんの僅かな成功例の一つで、カンボジア人のモービンさんという女性に聞かせていただいた話だ。

ある時、モービンさん達は女二人、男一人の友人グループでカンボジア南部にあるケップ州に旅行に行くことになった。

予約しているホテルはビーチ沿いにあるリゾートホテルで、高級ホテルではないものの外観はそこそこ綺麗な建物だった。

チェックイン開始時間の十四時ちょうどにフロントでカギをもらい部屋へと向かうのだが、外観とは裏腹に廊下と階段はやけに暗く、昼間でも不気味に感じてしまうほどだった。

あてがわれた一一一号室に到着すると、部屋の中にはベッドが三台あり、二台が隣同士で、もう一台は反対側の壁にくっつくような形で配置されていた。女二人で隣同士になっているベッドを選び、三人はいったん荷物を部屋に置き、それぞれゴロンとベッドに横になった。

少し経ってから、モービンさんはシャワーを浴びるためにバスルームへと向かったのだが、バスルームの窓を開けようとすると、錆びついていてなかなか開くことができない。これはもしかしたら、長いことこの部屋は使っていなかったのではないかとの考えが頭をよぎった。

窓枠を力いっぱい押すとバキバキと音を立てて窓は開いたのだが、床にはパラパラと錆びた屑が落ちてきている。

モービンさんは手早くシャワーを浴びると、新しい服を着て部屋へと戻ったのだが、そこではなんと友人の男女二人が一つのベッドで体を重ねているところだった。

「ちょっと何してるのよ！」

三人部屋で、自分がシャワーを浴びている隙にこんなことをするなんてと、腹が立ったモービンさんは声を荒げたのだが、どうも様子がおかしい。女友達が仰向けの男友達に馬乗りになっているのだが、よく見ると彼女は男友達の首を絞めている。

それに気づいたモービンさんはベッドまで走って彼女を引き離し、「何してるの⁉」と問いただしたところ、彼女は放心状態で言葉を発することができなかった。

男友達に何があったのかを尋ねてみても、「急に彼女が首を絞めてきた」と話すばかりで、モービンさんは状況を理解することができなかった。

モービンさんが五分ほど彼女の背中をさすっていると、ようやく落ち着いて我に返り、何が起こったのかを話し始めた。

「ベッドに座っていたら、突然何かが上から落ちてきて、私の中に入ったの。それで、気が付いたら彼の上に乗っかっていて、あなたから引き離されたの。その後もしばらくの間は頭がボーっとしていたけど、今ようやく目が覚めた気がする」

三人は、彼女の上から落ちてきたものはこの部屋に潜んでいたゴーストではないかと考え、すぐにホテルを変更することにした。

フロントに苦情を入れてホテルを出た時には、まだ午後二時半だった。僅か三十分ほどの滞在だったという。

カエル捕り（カンボジア）

筆者が徳之島で季節労働をしている際、会社の寮である一軒家には従姉弟同士のカンボジア人二人が住んでいた。その内の一人であるサーロンさんという女性に聞いた話だ。

サーロンさんのカンボジアの田舎での暮らしはとても貧しかった。

一つの家で親戚や従姉弟と一緒に大勢で暮らしていたので、満足に食事をとることもできず、いつもお腹を空かせていた。

ただ、カンボジアの田舎では昆虫食が盛んで、両親や兄と一緒にカエルやバッタを捕ってはオヤツ代わりに食べていたのだという。

そんなサーロンさんが子供の頃、夜ご飯を食べ終えて寛いでいると、急に父親が今からカエルを捕りに行こうと言いだした。

父は酒好きだったのだが、カエルをたくさん捕ってきては唐揚げにして、それをツマミに飲むのが大好きだった。そして、カエルがたくさん捕れた時にはサーロンさん達にも分けてくれるので、それが食べたくてサーロンさんはいつもカエル捕りについて行っていた。

この日は二十時頃に家を出て、両親と兄の四人でバイク二台に跨って田んぼに向かった。四人とも頭に小さなライトを付け、裸足で水が張ってある田んぼの中へと入っていく。

いつもなら四人で三十分も探せばある程度の量が捕れるのだが、この日は不思議とあまりカエルがいない。それどころか、普段はうるさいくらいに聞こえてくるカエルの鳴き声もあまり聞こえてこない。

（なんか今日おかしいな……）

そう思ったサーロンさんは顔を上げ、小さなライトで何気なく辺りを照らしてみた。

その日は月が雲で隠れている漆黒の闇夜で、小さなライトの灯りだけでは充分に遠方を照らし出すことができない。しかし、田んぼの反対側にある林のほうに一点、白いものが見えた。

（なんだろう?）

じっとその白い一点を見つめていると、それはどんどんこちらに近づいてくるように見えた。

（やだ、怖い！）

恐怖心とは反対にサーロンさんは白いものから目が離せなくなっていたのだが、田んぼの真ん中までやってきたところでその正体が分かった。

女だ。

白い服を着て髪が地面に届くほどに長い女が、自分達目がけて田んぼの中を走ってきている。

「逃げて！」

サーロンさんが叫ぶと、家族も女に気づいて叫び声をあげて逃げ出したのだが、母が泥に足を取られて田んぼの中で転倒してしまった。すると、女は地面に手をついている母親目がけて走っていったかと思うと、倒れている母に飛び掛かった。

しかし、飛び掛かったと思ったらその瞬間に女の姿は消えてしまい、そこには母が一人で倒れているだけだった。

家族は恐怖で震え上がり、すぐに家に逃げ帰ったのだが、母は家に帰ってからも真っ青な顔をしてガタガタと震え続けていた。

翌日になっても母は体調不良を訴えており、食事も喉を通らなくなった。毎日水とお粥を少しだけ口にするのがやっとの状態で、一週間が経つ頃にはゲッソリとやせ細ってしまった。

そして、母のあまりにも異常な様子を見た近所の人達に、これはもう呪術師に見てもらったほうがいいと勧められて、父は村の呪術師のもとに助けを呼びに行った。

家にやってきた呪術師に父は、一週間前の夜に起こった出来事を話した。

すると呪術師は、「それはどこどこの田んぼだろう」と見事に言い当てた。

呪術師曰く、「その田んぼの奥にキリングフィールドがある。霊はそこからやってきた」と言うのだ。

このキリングフィールドというのは、一九七〇年代のカンボジアでポルポト政権によって百万人以上の人々が大量虐殺された際に、処刑場となった場所のことだ。

このキリングフィールドは一カ所ではなく、カンボジア全土に百以上あると言われており、それら全てがキリングフィールドと呼ばれている。

そして、その中の一つがサーロンさん達がカエル採りをしていた、田んぼの反対側の林の奥にあったのだという。

呪術師は祈祷を終えた後に、「あそこにはまだ浮かばれない魂がいるから、夜には近づいてはいけない」、そう言って帰って行った。

その後、母は無事に元気を取り戻したという話をサーロンさんは語ってくれた。


筆者は二度カンボジアに行っているのだが、カンボジアの怪談取材はとても難しい。

まず一つ目に、カンボジアでは観光客相手の商売をしている人以外はほとんど英語が通じない。そして、日本語を話せる人は更に少ないので、サーロンさんのように、日本語で怪談取材ができることは稀である。

またもう一つの原因として、ポルポト政権下の大量虐殺についてだが、これは一九七〇年代に起こったことで、当時処刑を行っていたのはほとんどが少年兵だと言われている。

そして、彼らが当時十代だったとしても、現在は六、七十代で、家族を殺された被害者の人々と今では同じように生活をしている。なので、誰が少年兵として処刑を行っていたのか分からないような状況で、当時処刑された人々の霊の話は出しにくいのではないかと筆者は考えている。

ポルポト政権下で虐殺や拷問が行われていたチュンエク虐殺センター。内部には被害者たちの大量の遺骨が安置されている。（著者撮影）

ポルポト政権下で拷問や処刑が行われていた
トゥールスレン虐殺博物館（著者撮影）

ナーガの住む廃公園　（ラオス）

その公園を見つけたのは偶然だった。

タイ人の友人であるニーと二人で、運転を交代しながら車で十時間かけてバンコクからラオスの国境を目指した。目的地はメコン川を渡ってラオスに入国したら比較的近い場所にあるブッダパークという大型宗教施設を見に行くことだった。

車はタイのパーキングに停めて、徒歩でラオスに入国し、そこからはレンタルバイクでの移動となった。ラオスに入ったのは初めてだったのだが、ここで驚きの事実を知ることになる。なんと、ラオスのタイとの国境沿いでは多くの人々がタイ語を話せるのだ。

タイより発展が遅れているラオスでは元々ＴＶ番組が少なく、娯楽が少なかったため、国境沿いに住む人々は小さな頃から電波が届いているタイのテレビ番組を見て育つのだという。そのため、タイの電波が届いている地域の人々はタイ語が話せるのだ。

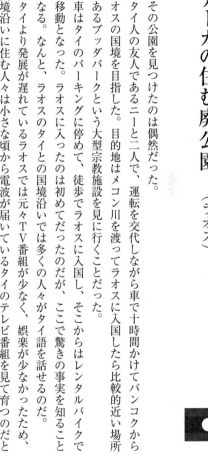

ニーにタイ語で通訳してもらいながらブッダパークへと向かい、撮影を終えたところで何か他にも行くところはないかとグーグルマップで検索を始めた。

すると、ちょうど帰り道に何やら怪しい公園（Lao National Ethnic Culture Park）があるのを発見することができた。その公園は航空写真上ではかなり大規模に見えるのだが、敷地内には古くて大きな恐竜や、大型の廃墟のようなものがある写真がアップロードされていた。

そこは、どう見てもいわゆるB級スポットだった。

これはぜひとも探索せねばとバイクを走らせ、到着してみると航空写真通りのかなり大きな公園なのだが、人が一人もいない。そう、この場所はほとんど廃公園だったのだ。

そして、予想以上に広い公園内を恐竜や廃屋の写真を撮りながら歩き回っていると、どこからか中年女性がやってきた。服装からして、この辺りの管理業務を行っている人のようだ。先に廃公園と書いたが、公園に隣接する形で寺院があり、敷地内のメコン川沿いには多くの神々の像が安置してある。多分、彼女はそこの掃除などをしているのだろう。

「ニー！　幽霊がいるか聞いてくれ！」

これだけの規模の廃公園ならば、怪談話の一つや二つはあるかもしれない。

早速ニーがタイ語で話しかけ、「幽霊はいますか？」と聞いてみると、答えはイエスだった。

やはり彼女は公園周辺の掃除などの管理業をしており、公園内にある廃屋に住んでいるという。

そして、夜になると廃屋に川のほうから何かがやってくる時があるのだという。

始めはノックのような音だった。

深夜にコツコツコツとドアを叩く音で目を覚まし、時計を見ると時刻は零時を回っていた。隣で寝ている旦那を起こし、一緒に外に様子を見に行ってみたのだが、そこには誰もいない。

「夢でも見たんじゃないか」と言われ、そのまま二人で眠りに就いた。

また、別の日には、深夜に携帯電話が鳴った。番号は非表示で、出てみると「ザァザァ」と水の流れる音が聞こえる。気持ち悪くなってすぐに切ったのだが、ふと、頭の中にいつも掃除をしてお供え物を捧げているナーガが浮かんだ。

ナーガは元々インド神話に登場する蛇神なのだが、東南アジアで広く信仰されており、特に水辺にはナーガが祀ってあることが多い。

彼女は、唯一管理をしている自分をナーガが守護してくれていると思うと話してくれた。しかし、ナーガは蛇神なので、蛇の体に七つの頭を持った神様だ。なぜ、ノックや電話など手が必要そうな行為をしてくるのかと筆者は考えてしまったが、大きく流れるメコン川の脇で、そんな小さなことを考えるのは野暮なのかもしれない。

ナーガの住む廃公園（著者撮影）

神捨て場（タイ）

タイ人の友人であるニーが二十歳頃に体験した話だ。

その日、ニーは祖父母に連れられてバンコク郊外にある寺に古い神具を廃棄しにやってきた。

寺の隅にある少し開けたその場所には、古い神棚や壊れた神棚が幾つも野ざらしになっていた。幼い頃から信仰深いニーはそれらが哀れに感じ、心の中で「一緒に来たいのなら、一緒に来てください」と唱えた。

その瞬間、背中に悪寒が走り、厭な何かが纏わりつくような気配を感じた。

それからというもの、常に誰かが自分を追いかけてきているように感じるようになった。

体は重く、気分がすぐれない。そして、時折視界の端に黒い影のようなものが見える。

ニーは自宅に祭壇を作っており、そこにはタイのお守りや神の形をかたどった像などが安置されているのだが、その祭壇辺りから得も言われぬ異臭を感じるようになった。祭壇には生ものを供えているわけではないのでおかしいとは思ったものの、臭いの元は特定できずに、不安は募る一方だった。


そんなある日、ニーが寝室で寝ようとしていると厭な臭いが鼻を突いた。

いつも祭壇から漂ってくるあの臭いだ。

寝室のドアを閉めているのにもかかわらず、なぜか臭いは部屋の中まで漂ってくる。そして、その臭いは自分以外の家族には一切分からないのだ。

枕元の携帯電話を取り、ライトを点けて部屋を出た。廊下の電気を点けて祭壇まで向かうのだが、そこまでのほんの数メートルほどの道のりがいつもより暗く見える。不思議と何の感情も湧かずに廊下を進み、角を曲がると突き当たりに祭壇がある。

そこに、誰かがいた。

全身に黒い煙のようなものをまとった腰の曲がった小柄な老婆が、祭壇に座って小刻みに頭を動かしている。

ニーが恐怖を感じて立ちすくんでいると、老婆はゆっくりと後ろを振り返ったのだが、その手にはお守りとして祀っていた動物の角が握られている。老婆はニーの目の前でそれをペロリと舐めると消えてしまった。辺りには悪臭だけが残っていた。

翌日、このままでは実害が及ぶのではないかと考えたニーは、高名な僧侶の元に相談に訪れた。

現在身の回りで起こっていることを説明し、自分には確実に何かが憑いていることを話すと、僧侶は逆に尋ねてきた。

「それはあなたが誘ったからではないですか？」

（あぁ、そうだった）

恐怖に囚われてすっかり忘れてしまっていたが、これは自分自身が「一緒に来てください」と唱えたことに端を発するのだった。そのことを思い出したニーは僧侶に正直に話すと、僧侶はニーに三日間出家をするように命じた。

仏教国であるタイでは、日本とは違って短期間の出家をする人々も多くいる。短いといっても通常は三ヶ月や半年なのだが、今回のような特別なケースでは、数日間や一週間の出家も可能である。

僧侶達とともに寺院で講和、読経、瞑想などに勤しんでいるうちに、ニーは自分に纏わりついていた黒いものが離れていくのを感じた。そして、出家が終了する頃には生まれ変わったかのような新鮮さを感じることができた。

その後、家に帰ってからも異変が起こることはなくなり、それからは霊的な場所に近づくことはなくなったのだという。

ムアンエク村（タイ）

タイのパトゥムターニー県には心霊スポットとして有名な廃村、ムアンエク村がある。

元々は富裕層を狙った高級住宅地にする予定だったのだが、一九九七年のアジア金融危機と、二〇〇〇年代に起こった洪水によって被害を受けて買い手も借り手もつかなくなってしまい放置されることになった。

その後、家のオーナーが借金苦によってこの場所で首を吊ったという話や、どこからやってきたのか分からない若者が廃屋の玄関で首を吊ったのを皮切りに、次々と廃屋で首を吊りにやってくる若者達がいるという噂も流れている。

筆者は二〇二三年の十月にタイ人の友人であるニーと二人でムアンエク村を訪れた。

現地に着いたのは夜八時頃で辺りはすっかり暗くなっており、道の脇に連なる廃墟群は異様な不気味さを醸し出していた。

航空写真では道の脇からジャングルの中まで三十軒以上の廃屋の屋根を確認できるのだが、その大部分は樹木に飲み込まれてしまっており、道の脇にある足場の良い廃墟しか探索することはできそうになかった。

ニーは恐ろしいので車の運転席で待っているということだったので、筆者は一人で車を降りてカメラを構え、恐る恐る廃屋の中へと入っていった。

見た目はボロボロの廃墟群なのだが、案外内部はしっかりとしており、物理的な危険は感じずに一つ、また一つと廃屋内の探索を進めていった。ただ、実はこのムアンエク村は隣がゴルフ場、すぐ先は現役の高級住宅街なので、夜中でも車通りは多い。あまり派手に撮影ライトの明かりを外に漏らしていると、近隣住民とのトラブルになるかもしれないので、三十分ほどで立ち入り可能な廃屋を回り終え、近くに停めていた車に乗り込んだ。

そして、車のエンジンをかけた直後に廃墟群とは道を挟んで反対側のジャングルを何気なく見ると、木々の中を白く光る丸い発光物体がフラフラとこちらに飛びながら近づいてくるのに気づいた。

すぐに助手席の窓ガラスを叩いて「Ｇｈｏｓｔ！」と叫ぶと、ニーは窓の外の発光体をチラリと見て、何事もないかのように「ピー（タイ語のお化け）」と呟きそのままアクセルを踏み込んだ。

タイでは幽霊がいることが当たり前なのだ。むしろ、夜中にこんな場所にやってきて幽霊が出ないほうがおかしい。

幽霊を恐れているニーは、ほら見ろと言わんばかりに溜息をつき、そのまま車を走らせた。

ムアンエク村（著者撮影）

ウイジャボード（インド）

現在は東南アジアを股にかけて家具の製造と輸出業を行っている吉田さんが、インドのインターナショナルハイスクールに通っていた時の話だ。

その学校はインド北部に位置し、冬には雪が積もる、インドでは珍しく寒い地域だった。学校には世界各国から生徒が集まり、二十ヶ国を超える生徒達が英語を使って共に勉学に励んでいた。

吉田さんは学校の寮に入っていたのだが、ある夜、友人達と吉田さんの部屋で話している際に、話の流れでウィジャボードという日本で言うところのこっくりさんをやろうという話になった。

ウィジャボードはやり方自体はこっくりさんとほぼ同じで、正式にやる場合は木でできた立派なボードを使用する。しかし、それを持っていなかった吉田さん達は紙にアルファベット表と数字、ｇｏｏｄｂｙｅ、ｙｅｓ、ｎｏを書き、その紙の上にコインをのせると、友人達と四人でそっと指をのせた。

電気を消してロウソクの灯りのみがボンヤリと辺りを照らす部屋の中で、四人はじっとコインを見つめながら呪文を唱えた。

しかし、コインは動かない。

呪文を唱えてはコインを見つめてをしばらく繰り返していたのだが、一向にコインは動く気配を見せなかった。

開始から五分ほど経った頃、四人は全く変化がないことに飽きてしまい、解散しようかという話になった。

その時だ。

突然コインが不規則に紙の上を動き回り始めた。

四人はコインから指を離さないように必死にその動きに追従していたのだが、その周りを「ペタンペタン」と裸足で歩き回る音が聞こえてきた。一体何事かと部屋の中を見渡すのだが、相変わらず足音は聞こえているものの、その正体は見えない。メンバーの一人はあまりの恐怖にコインに添えている指がガタガタと震えてしまっている。

「コインから手を離すな！」

吉田さんは友人達に声をかけた。しかし、そのすぐ後に友人の一人が何気なく顔を上げた直後に叫び声をあげたかと思うと、コインから指を離して走り出し、吉田さんの部屋から飛び出した。

残された三人が逃げた友人が見ていたほうに目をやると、壁から真っ白な顔にボサボサの髪と髭の男性が顔だけを出して三人を無表情で見つめていた。

「サドゥー！」

友人の一人が叫ぶと、三人は一斉にコインから手を離して部屋を飛び出し、夜間警備を行っているスタッフルームへと駆け込んだ。

サドゥーとはヒンドゥー教のヨーガの実践者や放浪する修行者の総称であり、聖なる灰を体に塗っているので顔まで真っ白な姿をしている。

スタッフルームに駆け込んだ吉田さん達は、警備員に事情を話して部屋まで一緒に来てもらったのだが、そこにはもう何もおらず、足音が聞こえることもなかった。

しかし、机の上に置きっぱなしだったウィジャボードに使用していた紙にはグチャグチャの書き殴ったような文字が書いてあり、吉田さんにはそれが何の言葉かは分からなかった。ただ、一緒に部屋に来てくれた警備員によると、それはサンスクリット語という現代では死語となっている言語ではないかとのことだった。

このまま部屋にいるのが怖かった吉田さんは警備員に頼み込み、最初に逃げ出した友人を含めて四人で朝まで警備員室で過ごさせてもらうことにしたという。

翌朝、警備員からの連絡を受けた学校上層部は、すぐに祈祷師を手配して寮全体の御祓いをすることを決定した。

放課後に全寮生が強制的に大部屋に集められ、御祓いを受け、寮自体の御祓いも行われることになった。

それ以降、寮内ではウィジャボードは禁止になったそうだ。

なんであの時サドゥーが現れたのか、そしてウィジャボードの紙には何と書いてあったのかは分からないままである。

あとがき

二〇二〇年八月、九ヶ月間に及ぶフィリピンでの語学留学が終わり、日本へと帰ってきた。

既に軍資金が尽きていたので、すぐにでも仕事を始めなければいけない状況だったのだが、既に感覚は南国ボケしており、いきなり日本の社会に入り込んだところでやっていける自信はなかった。

何かいい方法はないかと考えていたところ、以前インターネットで目にした季節労働の代名詞でもある「シャケバイ」のことを思い出した。夏の終わり頃からサケが産卵のために北海道にやってくるのだが、それと同時に日本各地や海外からも放浪者達が北海道に集まり、水揚げされたサケの加工業務を行う。寮と食事は無料で、月給は二十五万円ほど。

これだ。

これならば体と気合だけあれば大丈夫だ。

早速ホームページから、「まだ空きはありますか?」と連絡すると、「お待ちしております」と一言だけの返信が届いた。さすが季節労働の代名詞と言われるシャケバイだ。話が早い。

　福岡から、北海道の東端にある標津町《しべつちょう》を目指して出発し、車で心霊スポットを巡りながら五日ほどかけて加工工場に到着することができた。この時集まったシャケバイトは八名で、季節労働をしては放浪を繰り返している風来坊ばかりだった。

　彼らは横の繋がりが強く、季節ごとの仕事を仲間達と情報交換しながら行っており、そんな生活を何年も続けているのだという。

　この時、僕は二十九歳だったのだが最年少で、先輩達に季節労働の様々な情報を教えてもらいながら、サケの血飛沫が迸る加工工場での二ヶ月間を働きぬいた。

　そして、この時に聞いた情報を元に、シャケバイの次は和歌山のミカンの収穫へと行くことになったのだが、この時のミカン農家さんには五シーズン連続でお世話になっている。

　翌年、一月から働くことになったのが沖縄県の南大東島で、この時が僕の初めての離島生活となった。ここは東南アジアなのかと疑いたくなるような緩さと、癖の強い島民や季節労働者達に揉まれてすっかり離島の虜《とりこ》になってしまった。

　南大東島では合計六ヶ月間過ごしたのだが、島生活を送っているうちにいくつかの怪談を聞いたり、小さな島ながら複数の心霊スポットがあることも分かった。この体験をきっかけに、複数の島で季節労働を行えば離島の怪談が集まるのではないかと考え、それからの季節労働の場所はなるべく離島を選ぶようにして、四年間季節労働と海外心霊遠征を繰り返して本書は出来上がった。

二〇二四年十二月現在、先にも書いた五シーズン目になるミカン農家さんの家の二階で、ミカンの収穫終了後にこのあとがきを書いている。これからも新たな島で季節労働を行い、海外の心霊スポットへと向かう生活が続きそうだが、怪しい話が溜まった際にはまた皆様にお披露目できることを楽しみにしています。

最後まで読んでいただきありがとうございました。

濱　幸成

★読者アンケートのお願い

本書のご感想をお寄せください。アンケートをお寄せいただきました方から抽選で5名様に図書カードを差し上げます。
（締切：2025年3月31日まで）

応募フォームはこちら

離島の怖い話　南国心霊探訪

2025年３月７日　初版第1刷発行

著者……………………………………………………………………………… 濱幸成
デザイン・DTP ………………………………………… 荻窪裕司(design clopper)

発行所………………………………………………………………………… 株式会社 竹書房
〒102-0075　東京都千代田区三番町８－１　三番町東急ビル６F
email：info@takeshobo.co.jp
https：//www.takeshobo.co.jp
印刷所…………………………………………………………… 中央精版印刷株式会社